山河远 故乡近

给每一个漂泊者的故乡之书
一代人不可忘却的故乡记忆

周蓬桦 著

重庆出版集团 重庆出版社

图书在版编目（CIP）数据

故乡近，山河远 / 周蓬桦著. — 重庆：重庆出版社，2021.12
ISBN 978-7-229-15912-2

Ⅰ.①故… Ⅱ.①周… Ⅲ.①随笔—作品集—中国—当代 Ⅳ.① I267.1

中国版本图书馆 CIP 数据核字 (2021) 第 122389 号

故乡近，山河远
GUXIANGJIN, SHANHEYUAN
周蓬桦 著

责任编辑：陶志宏 张 蕊
策　　划：白 翎 玉 儿
特约策划：王万顺
责任校对：杨 婧
装帧设计：章敏敏

重庆出版集团
重庆出版社 出版

重庆市南岸区南滨路 162 号 1 幢　邮政编码：400061　http://www.cqph.com
观见文化工作室制版
天津行知印刷有限公司印刷

重庆出版集团图书发行有限公司发行
E-MAIL:fxchu@cqph.com　邮购电话：023-61520646
全国新华书店经销

开本：880mm×1230mm　1/32　印张：9　字数：210 千
2021 年 12 月第 1 版　2021 年 12 月第 1 次印刷
ISBN 978-7-229-15912-2
定价：52.00 元

如有印装质量问题，请向本集团图书发行公司调换：023-61520678

版权所有　侵权必究

目 录

闲有滋味，本真生活

人生太闲，容易生出杂念，杂念使人无事生非；

人生太忙，容易心被形役，失去本真，背离初心。

白山栅栏 /2

白桦树皮 /6

参北斗 /10

从黑土里钻出许多东西 /14

月光照亮蒲草丛 /18

弯路上的野花 /22

山中夜宿 /26

森林的迷宫 /30

窄门里的世界 /34

松塔上的雨滴 /37

松花酒的气息 /40

雨水里有松脂的气味 /43

萤火天堂 /47

会跑的人参 /51

森林响了一夜 /57

缓缓飘落的树叶 /61

游猎者的黄昏 /65

在林间住多久合适 /70

时光太瘦，余生路长
蹚过人生的时光长廊，静拥岁月温柔

青草籽 /76

大露珠 /80

草尖上的信使 /84

天堂寺的白云 /88

羊的往事 /92

雪夜温暖 /95

草原上的懒人 /99

星光闪闪的道路 /103

运草车 /107

向孤独者致敬 /110

温泉的性格 /113

农事诗：葵 /115

竹：完整或残缺的器皿 /119

故乡近,山河远

愿你内心山河远阔,隔着光阴的墙,怀揣那个永不消失的故乡。

寒冬夜行 /132

河灯 /142

瓦和沙 /147

墙上的洞 /150

瓮:新麦地 /154

马灯里的雨 /157

勾魂戏 /160

从前的故乡 /165

包着红头巾的小白杨 /169

即景:秋天的番薯田 /173

下野地 /175

人有病，天知否
疫情终会过去，静候春暖花开时。

逃亡的羽毛 /180

阳光、青草以及发霉的身体 /185

幽暗的居室 /189

灾难的面孔 /193

青春曲 /198

第六病室 /203

曾经活蹦乱跳的灵魂 /207

还好,没把自己丢了
漫漫人生,步履不停;忙里偷闲,静坐观心

河流:闪光的预言　/212

幽寺　/225

海边炉火　/240

密码　/259

小镇上空的七颗星星　/263

我们去看邓丽君　/267

蜘蛛的布阵　/272

残月　/275

闲有滋味，本真生活

> 人生太闲，容易生出杂念，杂念使人无事生非；人生太忙，容易心被形役，失去本真，背离初心。

白山栅栏

怎样向你描述我住在白山脚下的临时住所呢？有时候语言是无力的，文字更是无力，连对某个现场的真实还原都做不到——因此，我从不盲目听信另一个人对我滔滔不绝地讲述某一件事物。

如果用一幅中国画将我的白山住所勾勒出来，大约是一幢简陋的砖瓦房，门前是一片稀疏的白桦树林，背景是远山云影——这曾经是一幢守林人的小屋，经过一番改造装修，成了专门为旅人准备的出租屋。为了完成一部作品，我要在这里要住上整整一个夏季。但是，我要说，这只不过是周围地貌的一小部分，连五分之一都达不到。中国画讲究简约意境，画外有画，可它永远也画不出身临其境的诸多细节。

在白天，森林似乎安静得像一座古堡：枝叶被微风吹拂，发出轻轻的低语；蜀葵在溪水旁，结出一串花穗，野蜂在草丛中飞翔；屋后高大的古松下，一个大大的蚂蚁窝，蚂蚁们正在日光下忙碌着搬运食物。每天早晨和黄昏，我沿着屋后的溪水散步，时常与松鼠和野兔相遇，我们对视片刻，然后各自礼让地走开。极目远眺，巍峨的白山顶上正飘曳一团变幻多姿的五彩云朵，阳光投下的金线布满整个林间空地和每一片在风中燃烧的树叶。

有一次，遇到一只白狐。它先是在河的对岸一路小跑，似乎在追逐什么猎物，起初我还以为是一只流浪狗，但它优美的奔跑姿势比狗好看得多。它很快从独木桥上越过溪水，爬上土坡，然后一个箭步跃上了一堆被人废弃的木柴垛——这个木柴垛离我不过百米之遥。眼看着我与它的距离越来越近，我怕惊扰了它，只好暂时停下脚步远远地观察，并且有意地侧着身子向一棵大树靠拢。后来，我躲到树身后，可以方便观察和拍摄这只白狐的全貌。应该说，这只白狐太漂亮了，全身的皮毛简直一尘不染，它的眼睛像天使的眼睛，只是习惯性地眯成了一条细线，像一弯勾魂的新月，让人产生迷幻，让我想起《聊斋》中的白狐婴宁和娇娜。

我当时想，为什么这是一只独自活动的白狐呢？这么漂亮的动物不应该是孤单的。我怀疑，动物界大约是不分美丑的吧？在它们眼里，既无英俊小生，亦无窈窕淑女，有的只是强悍与弱肉，这是自然界亘古不变的丛林法则。

一只鹰隼从松枝上飞来，大概瞄准了河岸上的山鸡。只听得空中响起一声尖叫，机警的白狐从木柴垛上飞也似的逃遁。从此我再也没有见过这只白狐，但我能隐隐地感知到它的存在，它的巢穴就在附近，它的影子在月光下游荡。有好几次，我能闻到空气中弥漫着一股白狐的气味。这气味不太好闻，但很快便被森林的气息稀释覆盖。

在森林里，顶好闻的是雨后湿地散发的气味。树木经过一场雨的泼打，很快发酵出馥郁的香气，松油夹杂着各种花草的香气，附近的河水也制造出比平时更好闻的气味。雨后，我提着一只篮子在松林里寻找从树上落下的松果和野果，以及从空地上突然冒出的野葱和野蒜。揭开一丛鼓起的软土，露出一只香喷喷的白蘑菇，再往前搜寻，又发现一丛黑木耳或野生猴头。那么，整整一天的食物都有了。每当篮子被各种野货塞满的时候，我便忍不住喃喃自语："哦，大地是多么丰富、慷慨、奇妙！"

我把满满一篮子林中山珍拿到河边清洗干净，到厨房里收拾一下，从小冰柜里取出一块猪肉，点燃木柴，把野味在灶前慢慢炖熟煨烂，让香气飘远，飘到河的对岸。炊烟在水面上飘散，在森林上空萦绕。饭做好以后，我把野味盛到碗里，端到河边一株躺倒的红松旁边，望着流动的河水，坐在树身上大肆饕餮，野葱蘸酱的味道招来一群游鱼，在脚下吐水泡泡。

当然，在白山度过的那个夏天，也不全是浪漫和宁静，比如有一次一只白色大鸟在深夜突然降临到我的窗户前，它制造出的动静着实吓了我一跳。它有着长长的喙、尖尖的利爪、古怪的叫声，和一双能够刺穿黑暗、散发幽蓝荧光的眼睛，尤其骇人的是一双巨大的翅膀，张开来几乎占据了整个窗户。

我对生物学的功课做得不够，至今叫不出它的名字。好在夏天很快过去了，我的林间写作也告一段落，我便收拾行装，离开了那幢诗意充盈的森林小屋。

第二年春天,我又来到白山,特意开车绕了好远一段路寻访故地。远远看去,那幢小屋子居然还在,只是屋子周围被一根根白栅栏给圈住了,栅栏门上还落了一把铁锁,已经锈迹斑斑。

白桦树皮

嘿,你做的白桦树皮灯罩收到了,当快递员把包裹传递到我的手里,我一时呆愣住了。对不起,从白山归来,便陷入日常忙碌,竟然忘记了我们的林间约定。但当我打开邮件,心思瞬间被一种难以名状的喜悦占据——这只白桦树皮制作的灯罩,薄如白纸,更像透明的蝉翼,带有天然的纹理。白桦是俄罗斯的"国树",是举世公认的"艺术之树"。而这只灯罩太漂亮了,通体散发树木的清香,让我的灵魂瞬间插上翅膀重返白山。我把灯罩摆在案头,仿佛感知到自然的空灵与神性——自然赋予白桦树皮以生命和呼吸,同时赋予了你的灵性和你的气息,让我觉得你时时在我身边,注视着我的一举一动,我坐在书房里努力工作的情形,我冥思苦索发呆的面容。谁都无法想象,它的前身来自一种北方树木,经过你一双巧手的精心改造,演变成了一盏沾满幸福味道的光束。

从此,我幽寂的书房里有了一盏橘黄色的小灯,它陪伴着一个人孤独落寞的夜晚,陪伴着屋檐的露水、墙角下的猫，以及蝙蝠、蜘蛛、蛐蛐和各种夜游的生物。眼前已是夏天，窗外又开始落雨了，阳台上从白山采来的松枝还泛着青绿，你送给我的登山木杖，还沾着河滩卵石的水草屑。

在通往白山的路上，阳光浮动，天高地阔，溪水在路两边流淌，树叶在风中喧哗有声，水边摇曳着野花。微风拂面，把沉睡一冬的心情也吹醒了。我打开封闭多年的话匣，对你讲述我的困惑、我的内省、我的焦虑，我对于未来的一些不成熟的设想。在路上奔走了这么多年，航标灯依然在黑夜的心海照亮，北斗星在头顶、在滩涂与草原、在茂密的桦树林上空寂寞燃烧。

车轮滚动，碾过初夏时节起伏不定的柏油路；车轮像读秒器，一页页翻去，在读大地这部没完没了的天书：丛林、田野、山岳、河流、湖泊、微风和低矮的乡村农舍。每当经过一座屯子，我们都停下车来，进行一番考察——我们看到老人在树荫下闲叙家常，一只黑狗在柳树身上撒尿，女人端着簸箕到场院里晾晒大豆。而男人们早早醒来，赶着牛车，到黑土地上开始一天的劳作。白山脚下的一些屯子里，一些年轻人走了，到遥远的城里打工谋生，挣钱养家；另有一些年轻人读完了大学后，却义无反顾地回到了故乡，让双脚重新沾满了白山的泥巴和麦草屑。有许多从异乡的城市落户到屯子的年轻人，在这里娶妻生子，成了白山永久的居民。他们说："白山空气好，水土好，在这里度过一生是值得的。"

好空气已经成了一个时代的稀缺资源，而原生的水土，是让一个地方葆有一世宁静和生生不息的前提要素。一切都没有那么复杂，选择适合个人的生存环境比你追我赶、失魂落魄的从众心态重要。我不由得想起我从前的居住地，那个以工业增长速度著称的城市，长期以来，天空看不到清晰的星月，流淌两千年的河流枯竭、山林光秃，地下资源被掏空，村庄随时有陷落地面的危险。而在城市的中心，高楼依然林立，遮挡住了日光，让生命一天天发霉变质。

是的，我觉得在这个时代，我们迫切需要的，是真正有责任感的智者、思想者和科学思维精英分子，是持续的建设性和对自然法则的足够尊重，是能够经得起时光追究的内心秩序和接纳宇宙八面来风的开阔格局，而不是一场又一场的功利表演和言行不一的人格分裂和扭曲。

在白山茂密的白桦林中，我们忘情地陶醉于野生灌木和漫天飞舞的雪花中，仿佛置身于列维坦的名作《桦树丛》中的画境：明亮的光线，茂密的草丛，清澈的溪流，美丽的白桦……我们搂定一棵高大光洁的白桦，与树身上的一双双眼睛互相对视，沉默良久。在那一刻，我突然觉得那是一双双神灵的眼睛。在这片人迹罕至的白桦林中，我们发现了一株被风吹倒在地连根拔起的白桦，它的树身上有被松鼠咬啮的痕迹，有被暴风雪猛烈打击的痕迹。烈日吸走了它的水分和汁液，野兽曾经朝它身上泼洒污水，不知是哪一年的山火焚毁了它的根须，树干也开始糟烂腐朽。它死了，从植物学的角度而言，它已经没了生命感知，没有了担忧和生之苦痛。但它的树皮却依然光滑鲜亮,可以制作一百只灯罩。

你小心地把这一片片伟大的树皮取下来,放到一块蓝布头巾里。

参北斗

居住在湖边小区，每天沿湖散步，当仰脸望见夜空的北斗星，便会瞬间怀念辽阔的北方，森林莽野，白山脚下的那条路像跳动的火苗映入脑海——哦，那里有我的小木屋，有白桦林、野山参、梅花鹿、紫貂、松塔和萤火……

夜晚，大地滴水成冰，可以听到冰雪在屋檐聚集，窗花窸窣开放，氤氲之雾在空中飘散。而星光的照耀，指引我的内心渴望森林。远方，北斗星下，暴风雨正在聚集，有各种突如其来的危险，但那是大自然带给人的考验，充满了战斗的欢娱和荣光。当然，更多的是美景，是视觉的盛宴和全新的体验。每年，我都要挤出时间把自己放逐，去草原、沙漠、湖畔、山野等原生面貌尚存的地方，吸取大地的精气和能量，而白山渐渐成为一个考察营地。

白山周围，地貌复杂而开阔，有太多值得挖掘的故事，莽莽群山中隐藏着人与大地相亲相爱的奥秘。

第一次去白山看天池，正落山雨，天池和潜伏其中的水怪，始终在雾气中不肯露出真容——而令我失望的还有天池周围的地貌,居然是一片寸草不生的不毛之地,火山灰遍布,仿佛带有热度,这与想象中满山花开的画面不符。但从天池返回的路上景色大美:瘦削的山体被自然的伟力切开,地下森林神秘幽深,奇异的花草如梦似幻。哦,还有成片的花楸树,我快步上前,搂定其中的一株——我终于又见到了花楸树……

我记录下每一株树和植物的名字,记了满满一大本子,还有丛林中飞舞的蝴蝶、奔跑的麋鹿。在疾驰的旅途车上,我都一遍遍地温习这些名字,像对待最亲密的朋友那样记牢,放入大脑的储藏室里,像食物一样伸手可取。忙碌芜杂的生活把我的时间切割成了碎片——眼下到处都是碎片化的物景,手边的事情总是处理不完,往往一件事情刚刚理出头绪,另一件事情已在推搡催促,日子看似持续前行,实则乱糟糟的,经不起逻辑的推敲,更经不起时光的检验。当夜晚来临,大脑一片空白,感觉两手空空,内心浮现莫名的悲伤。少年时代,醉心于浪漫的诗篇,"白也诗无敌,飘然思不群"——哦,成年后,我终是没有逃脱世俗的魔掌……在旅途中,我细细检点自己的来路,内省像一面镜子,照出人性的自私、狭隘、斤斤计较……一些过往的细节不忍正视,甚至要呕出一片血来,我的心在隐隐作痛。

渐渐地,我觉得自己缺失了北斗星的指引。我时常浮躁,也做过错事,总是在深夜发出叹息。

在白山一带,一位写作者的名字在我脑海冒出,我们曾经有过一面之缘,互相留了对方的联系方式,并且预约下一年春天在山脚下相聚。他在二道白河镇租了一个院落,有写作间,有烧茶室,还有收藏的各种动植物标本。他向我讲述自己多年在群山密林观察自然与动物的冒险离奇的故事,因为那些历险,他差点丢掉性命……他口若悬河,语速飞快,在他面前,我觉得自己像个不谙世事的孩子,根本插不上话,只有点头倾听的份儿。这些年我很少见到一位清奇特别的同道,他应该算一个。一番交谈后,我很快发现自己和他性格差异较大,但我被他散发的个性魅力深深吸引——我想去看看他森林小镇上的荒僻院落,看看他在山脚下蹲守观察自然的木屋子,以及他多年来各种珍贵的收藏。在我看来,他是中国大地上的普利什文,或者写过《金蔷薇》的苏联作家康·巴乌斯托夫斯基。总之,他是个内心有北斗星的人,在天黑后准时点亮,在拂晓前燃烧;他在早晨的光线下劈木柴的声音响彻四方。

　　我们计划在春天见面,万物花开,森林歌唱。有无数次,我虚拟出我们在白山脚下相聚的情景,我把他想象成老猎人的模样,他扛着双筒猎枪,双目炯炯有神,警惕地注视四周,只不过他不是为了猎取野生动物,而是为了对付那些林中偷猎的人。时光变迁,让世人的认知产生了分野,有人为了获得暴利不惜冒险残杀野生动物,有人则不惜性命来保护这片山岭。我的作家老哥是个坚定的环保主义者,天下所有猎杀野生动物的人都是他的仇敌。他之所以常年蹲守森林,在露水间穿行,仔细地记下自然规律、日出与日落,记下动物与植物们的行踪与生长,然后写成书传达给远方,正是要告诉人们这片古老的森林已经岌岌可危,如果再破坏下去,这片山林将不再美丽,直至成为荒凉的废墟。我们将沿河而行，款款散步，身边是高大的树木，野花艳丽芬芳，风轻轻地吹动着树叶，水在独木桥下静静流淌，神秘的气息向四周扩散。但是，这个美好的画面近在咫尺，却最终没有达成实现——2017年5月，我在报纸上看到他猝然离世的消息……

春天，我如约来到二道白河镇，这是一场单方的赴约——接受冥冥之中的安排，我必须前来完成这个宿命般的约定。奇怪的是，我的内心没有悲伤的成分掺杂，而是异常平静。友人离去的消息越来越多，像密集的子弹击中我身体的敏锐知觉，只剩下无奈的承受。空气中响着他的话语，听得真真切切，我甚至能强烈地感受到他强大的气场依然存在，他的粗嗓门和爽朗的笑声还在森林之上盘旋，深沉而豪迈。经过一番打问，我寻找到他租居的院落，木栅门，石头墙，一切都像我梦中见到的一样。迎接我的是一树盛开的梨花，见我到来，梨花兀然飘落一地，仿若一场白色的祭礼。我看到他生前用过的旧物：行李箱、衣帽和沾有泥土的鞋子，以及他从森林里搬来的一堆木桩。

一个人与另一个人的缘分多么短暂，却可以在灵魂的深处永久回荡。他在林中的坟墓朴素无华，已经爬满了野草，草丛下埋葬着一颗北斗星。

从黑土里钻出许多东西

一到春天,便会从黑土里突然钻出许多东西,除了灌木丛,还有许多叫不出名字的植物和花朵。丁香的气味比较冲,混合着风吹过来,吸多了会让人头昏。而阳光在春天总显得苍白无力,经不住一点风吹,斑驳的光点在路边的草尖上舞蹈,仿佛草尖上正上演一台歌舞会。脚步向前挪动,这时候会看到阳光的真实面目,像一枚枚铜钱,一串串地在地上游移。而当你无意间一抬头,是漫天飞舞的喇叭虫和飞蛾。

极目远山,灰椋鸟、乌鸫和白嘴鸦,正成群结队地飞来,它们在白桦树林中嬉戏做巢,加入春天的合唱,渐渐定格成一幅木版画。一个头戴狗皮帽子的农人,到林间空地上撒花种,开始做入春后的第一桩劳作。在他看来,森林里如果没有花草,就像天空没有星星一样寂寥。农人手搭凉棚,望见野岭起伏,雪线在山顶划出了明确的分界,大地如此空旷、寂静而苍茫——如果沿着山脚下种花,一路种去,用一年的时间也种不完。

而在此之前,黑土地上的冬天冷到了极点,森林中的泉眼被冻结,白桦树冻得发抖。啄木鸟正猛烈地敲击树木,结果喙被冻僵在树洞里,它扑棱着翅膀挣扎,最后没了力气——有许多飞禽的标本,就是这么获取到的。有人曾夸张地对我表述,白山最冷的时刻,可以把烟囱冻裂,屋顶上留下一缕炊烟的形状。风雪过后,天黑下来,整个山林一片寂静,方圆百里听不到一句人语,木栅门前蛇一样弯曲的小路伸向白茫茫的远方,深深的雪地上,只有一头黑熊在吃力地迎风而走——孤独而倔强的黑熊,固执地走在雪野中,仿佛是赶赴一场不能失约的聚会,又仿佛奔赴一场生与死的决斗。

在白山,一年四季,至少有三个季节是沸腾和忙碌的,除了种花,人们挖山参、种葵花、捕鱼、采山货、伐木和割芦苇,尽情地从山上获取果实,年轻人还在半山腰大声唱歌:

白云朵朵,
花儿香香,
在高高的密林,
住着我心爱的姑娘。

当过了十一月,气温骤降,封山令一下,人类便把白山还给了神灵,和动物们一起瑟缩着脖子过冬。整整一冬,白山属于自然之神——暴风雪一场接着一场,天神任性地把林海雪原涂改面貌，布置成大地上的迷宫。在自然面前，偌大的白山不过是一只玩具，像一只旋转的陀螺，如果稍一用力，白山这只陀螺就掉进冰窟窿里去了。人类呢，大约是吸附在白山上的蚂蚁。而且，人类是一只年迈的蚂蚁，行动迟缓，已经够老。

整整一冬，我躲在木屋子里不敢出门，能清晰地感受到寒冷已经抽走了身上的大部分热量，我害怕出门后走一段路，就没了回家的力气，像啄木鸟一样被冻成标本。偶尔拉开门栓，是为了到屋后取几根木柴，给火炉和土炕加一把火。这时候，全家人都离不开一堆燃烧的木柴，依赖这一堆火焰给身体输送热量。木柴哔剥燃烧着，映红了每个人的脸庞，瞳仁明亮，似乎人人都怀着心事，像一粒花种播进心田的泥土，那是难以抑制的对春天的渴望。

屋檐下冰凌垂挂，形成冰柱，风一吹呜呜作响，而我们把身体紧偎火炉，讲些轻松的话题抵御恐惧，讲温馨的陈年往事，也讲多年前的某一次历险，家人们在用这种心照不宣的方式互相打气。但在呼啸的风雪中，还是有一些坏消息从门缝底下传递过来：黑风口发生了雪崩，山脚下的二歪嘴被冻死了，疯狂的野狼趁风雪袭劫了赵大棒家的养鸡场……每当听到这样的消息，我们都失眠整整一晚上，夜晚点上烛火暗暗祈祷，人人都害怕自己栖身的这幢木屋子被暴风雪瞬间吞噬……如果房子在风雪中坍塌，那么这里除了留下一堆瓦砾之外，还有木梁下压着的几条人命，以及全家人做过的许许多多关于春天的梦。

有一年，赶上过春节，家家户户都在忙活着包饺子、炸丸子和蒸粘豆包。可恶的暴风雪却不长眼色地来了,来了就像狼外婆一样赖着不走,接连折腾了三天三夜才停歇下来。在整个过程中,储藏的吃食还好,有一瓦缸年货,有过年的香米和荞麦粉。可屋外的一垛柴火却很快烧完了,无奈之下,我们只好拆除了围栏上的木条当柴火烧了,如果暴风雪再多刮一天,我们会把小仓房的门烧掉。

这让我对木柴怀有一种特殊的感情,说不清道不明,反正看了就想偷偷地落泪。

直到今天,我还保存着一个令人费解的习惯——当木柴燃烧完以后,我喜欢提着半铁桶草木灰,把它们倾倒在大路边,篱笆旁。然后,我悄悄地躲起来,用眼睛观察路上的行人,看看这些草木灰是不是被他们的鞋子踩到了——如果行人踩到草木灰,我会很高兴。

我从心里想,这个远道而来的过客,我们在一生中都不会有任何交集,但他的鞋底上却偏偏带走了别人家的草木灰。这究竟属于什么缘分呢?要知道,这些草木灰刚刚在昨夜温暖过我们一家人的命,上面沾有我们的体温。

就像眼下,这山下漫天飞舞的灰蛾、蜜蜂和叫不上名字的昆虫,它们带着春天的冲动,从解冻的黑土里破茧而出,在春天的山野成为季节的一员——这景象让人望一眼就觉得踏实和庆幸。

要知道,经过去年的几场暴风雪,许多人已经喝不上一杯新年的春茶。

月光照亮蒲草丛

去白山之前，要提前好几天作出行的准备：给车子做一次保养，加满油，带上水壶、水果和火腿肠，以及雨伞、运动鞋、风油精和常用药。我们知道去白山的路很长，长过湖岸上的柳树梢，甚至长过一个春天。而进入五月后，各种植物刺鼻的气味从大地深处钻出来，熏得野獾找不到回家的路。

去白山之前，我们必定要去的地方是位于郊区的净月潭，像一个潜伏内心的秘密，那里隐藏着一座人间桃源——在那里，我头一次见到堆积如山的大雪块，我们欢呼着朝大雪块奔跑，想去堆几个雪人。当时冬天刚过，我还穿着一件蓝色小棉袄，一不小心踩进了深深的雪窝里，积雪没过膝盖，弄了好半天才挣脱出来，惊出一身冷汗。雪地上的干枝梅等多种干枯的植物真是漂亮，我们采了一大束，带回家放到青瓷瓶里，洒点水，眼瞅着这干枯的花枝又活了过来，有了生命。

当冰雪消融，五月的湖岸上长满了柔韧的蒲草，青蛙早早地在蒲草丛中发出单调却又悦耳动听的鸣叫：咕呱！咕呱！——拨开丛丛灌木，我们顺着青蛙的叫声寻找喇叭虫和鸟窝，很快就捉到满满一罐喇叭虫。东北的喇叭虫是黑色的，个头也大，似乎有两根胡须，暗示着东北大地的某种豪放与强悍。这和我的故乡鲁西平原上的喇叭虫有所区别，我童年时代的喇叭虫出没于春天返青的麦田上空和白杨林中，颜色为褐色，或者接近咖啡色，把喇叭虫从蛐蛐罐里倒出来，就像一壶待煮的咖啡。那个年代的喇叭虫多半是捉了喂鸡，鸡吃了虫子会多下几个蛋，然后挺着骄傲的身子对主人炫耀。

听我祖父讲述，在早些年，村里人把喇叭虫烧烤了吃，小孩子吃得满嘴涂满黑焦灰，成了"黑嘴子"。那应该是更遥远的饥饿年代，我没赶上。而今天，我们在净月潭的蒲草丛里捉喇叭虫，其行为没有任何功利实用性，只为一种发乎天然的童趣。童心始终像一钩新月，在心里萌动嫩芽，勾起愉快或者伤怀的往事，连接着故乡的土屋与水塘，连接着宅基地。我们捉了满满一罐虫子后，便到松林里去放生，看喇叭虫瞬间飞上林间晴空，心情瞬间大悦——自此多了一种体验：世上有一种东西被你认真地捉了，结果又无奈地放飞了。其实，全部人生不过如斯。

直到今天，我的书房和阳台上还挺立着几株灌木枝，上面静静地安睡着几个空空的鸟窝，它们来自净月潭的蒲草丛。鸟儿在春天孵化，大约一个月后出壳，嗷嗷待哺的鸟儿张开嘴巴，像一簇盛开的黄金花朵。无论是什么鸟类，雄鸟和雌鸟一旦做了父母，都会不辞辛苦地昼夜捉虫觅食，尽心尽责，宁愿自己忍受饥饿也要把食物送进幼鸟嘴里——鸟类的整个哺育过程都是秘密进行，不能走漏一丝风声。为了防止遭受其他动物趁火打劫的袭击，它们把幼鸟的粪便吞到嘴里，衔到安全的地方扔掉。在净月湖畔的蒲草丛中，我发现了几个正在孵化中的鸟窝，其中一窝蛋是蓝色的，像我小时候玩过的蓝色琉璃球一样美丽，我小心地用一根草茎拨开鸟窝，用手机拍了张照片，惊叹着大自然的造化，然后轻轻地离开了这个鸟窝。鸟蛋静静安睡的样子让人联想到岁月的美好，壳内正蠕动着一个幼小的生灵，它们属于大地的一部分，我真怕自己的鲁莽和好奇心惊扰了它们的睡眠，阻碍了它们生的渴望。试想，如果天空没有了翔集的群鸟，整个世界必然味同嚼蜡。它们就像是一组上帝创造的"发报器"，源源不断向人类传递吉祥的信息。我听说人一旦接触到孵化中的鸟蛋，敏感的鸟妈嗅到陌生的气味后会将这窝鸟蛋果断抛弃——它们对人类保持高度的警觉，在动物界，这一点连野兔、松鼠都一样。动物也有自己的洁癖，似乎是一种约定俗成的公约。

"劝君莫打枝头鸟，子在巢中望母归。"唐代诗人白居易是最有情怀的大德，他写的这首七言绝句《鸟》，道出了对生灵更深刻的悲悯。

鸟蛋孵化成功后，经过两个多月的精心饲养，幼鸟很快长出翅膀，这时候鸟妈和鸟爸会耐心地教授幼鸟学会飞翔的技能，它们一次次地在鸟窝里飞进飞出，不厌其烦地重复一个飞翔的动作，让幼鸟进行模仿训练，它们示意并引领自己的孩子飞出巢穴，勇敢地迎接广阔的天空和大地，在暴风雨中歌唱,觅食悲欢。

从此,鸟儿飞远,带着各自的命运走散。而曾经一根草一根线如人类编织一件毛衣那样精心编织的鸟窝被废弃,变成空巢,这是鸟们留给人类的一个小小哑谜。

一年一度春风至,蒲草丛被月光照亮。

弯路上的野花

有一次，我们无意中发现了净月潭外围的一条小路，那里被绿丛掩映，灌木茂长，篱笆墙和铁丝网上结满了紫藤，开着一种蓝色诗意的野花，像一朵朵蓝色的火焰。我们原本是去寻找一家蘑菇炖鸡店，那家店在当地有些名气，吸引着嗅觉灵敏的吃货，也吸引着我们。但当进入这条灌木掩映的小路深处，导航失灵，像走进了一座童话迷宫。车开得很慢，至多20迈的速度。摇下车窗，我们看到路边的杂草高过人头，明亮的水塘像一面面镜子，在阳光下反射光芒。鸟声在耳畔啾啁，看不到一个人影。而且，空气变得清凉可人，一股野薄荷的气味钻进鼻孔。

这样的地貌让我想起伟大的俄国小说，想起蒲宁笔下的《露霞》，那个纯朴的俄罗斯少女和男友在湖畔约会的情景："在黑黝黝的矮树林后面，仍然笼罩着一片淡绿的半明不暗的光，微弱地映在远方的湖面上。湖面如镜，苍苍茫茫，岸边披着露珠的花草树木发出强烈的芹菜味，看不见的蚊子秘密地，好像有所询问地嗡嗡叫着。夜色奇异，在船的上面，在亮晶晶的水面上，无眠的蜻蜓飞来飞去，不时发出轻微的啪啪声，令人毛骨悚然。"

——呵，玛露霞，那个穿着又宽又薄的大坎肩，有一头亚麻色的头发和灰眼珠的少女，似乎在眼前的这片灌木丛中隐藏。

再往前走，则出现了一幢幢木屋和土屋，屋顶上的烟囱被岁月熏黑——看样子，这里根本不是一座村屯，像森林中的野蘑菇，完全是自发的居住者留下的生活遗址。不知怎的，这让我联想起刀耕火种的远古人类，想到山顶洞人的山崖石穴。究竟是什么人在如此隐蔽的地方居住呢？

出于好奇，我们下了车，走进了一幢破败的土屋，但见糟朽的木门上还贴有一个"福"字，质地早已被风雨洗白，门框被当年的主人抚摸得又黑又亮，门前的一侧还整齐地堆放着一堆木柴，还有从池塘边割来的红荆条。推门进屋，光线有些暗，映入眼帘的是一方火炕，火炕上安放着一个小木几，炕下是火盆，这是东北人的典型生活用品；朝南的一方窗口还被粗布帘遮掩，一扇窗棂断裂了，窗帘在微风中轻轻地拂动。土墙上贴满了杨家埠的年画，画面上有几个人参似的胖娃娃；这时候，我发现在窗台上有两只陀螺，说明这家人有年幼玩耍的孩子；掀开炕席，还有纸叠的四角牌，一挂泛潮的鞭炮。灶火间在里屋，看上去狭窄而局促，一口黑黑的大铁锅已经锈迹斑斑，灶膛内还有没烧完的劈柴桦，乌油的锅台上放着一盒点不着的火柴。灶台上还放着一个棕釉罐，完好无损，我小心地掀开罐盖，见里面盛放着半罐食盐。

我取了一粒食盐放到嘴里，咸味顿时布满口腔。不知怎的，我的眼睛在瞬间湿润了。——这一粒盐，让我在瞬间返回远逝的童年，盐粒里隐藏着一个人的出生地，是故乡的全部滋味。

沿着湖边小路继续前行，走了一个多小时，终于走到出口，小路尽头是更多散落的屋舍、牲口棚和干柴堆，房屋大多都是危房，有的露天没有屋顶，有的剩下残破的土墙。在那里，我目睹到事物的破败景象：生锈的农具、压扁的草筐、潮湿的石磨、爬满蚂蚁的旧棉絮、挂在屋檐上的玉米穗、少了轱辘的木轮车，以及一串大小不一的钥匙。

终于，在一家紧挨着树林的房子里我们发现了秘密：乌黑油腻的土墙上挂着一把双筒猎枪，除此而外，这家人的火坑上铺着腐烂的皮毛褥子，炉灶前散落着一些动物的白骨。这是一户是狩猎为生的人家，看木门上的贴着的吉祥字符，应该是个鄂伦春，或者萨满。

站在一堆破败的空屋子现场，我呆愣了很久，眼前幻化出这里曾经发生过的一切，心想：这里是一座世外桃源呢！每一户人家都是一个秘密。是什么原因让他们一夜间集体迁徙了呢？如今，他们迁徙到了哪里？如果他们都迁到了城市的高楼中，会习惯当今这车水马龙的喧嚣么？在这里长大的孩子们，会怀念他曾经幽静的与世隔绝的旧家吗？这里的一切是多么缓慢。

而我深知，飞逝的时光册上从来不记录琐碎的细节，人类的各种疼痛也多半会在日常的磨损中淡化与消亡,唯有这弯路上的野花,在一遍遍地以开放的姿势讲述过往,并且不厌其烦地记住从空中落下的每一滴雨。

山中夜宿

阳光照耀延伸的公路,眼前一片明亮。车窗外仍然是一丛丛茂盛的桦树林,透过枝叶,看到一泓清澈的溪水美女般楚楚动人,粼粼波光里闪动着星星点点的碎金。远观白山,一团云雾在山尖缭绕,忽而清晰忽而朦胧,身后的城市就这样在感觉中渐行渐远。

有无数次了,在去白山的路上,我都会被一路的美景震惊得异常兴奋,口中发出惊叹。

一大早,当车子驶出长春,向东行进,顿感视野辽阔,车窗外是一望无际的东北大地,飞鸟满天,高高的野岭,成堆的云朵。大约三个小时后,森林忽现,眼前不时掠过滚滚云涛和阵阵云瀑,映入眼帘的奇景令人两眼直冒金光,哧啦哧啦地打闪电,这些奇幻无疆的美景会随着光线的明暗出现和消失,且受季节与气候的影响,忽而在天空聚集千军万马,忽而在山顶耸起巍峨宫殿,我们只好停车拍照,将这永恒的一瞬摄入镜头。

一路上山壁爬满青藤，枝叶低垂，满目绿色，空气里飘荡着草木的芬芳。

抵达白山时已近中午，在山脚下56公里处的一家民宿野店用餐，店主是一位热情好客的中年女人，散发东北大地的朴实与爽直。那顿饭吃的是山蕨菜、地皮汤和猪肉炖粉条。猪肉没有想象中的好吃，有点柴，有点硬。

来长春的两天时间里，我与我当地文友近距离接触，再次领略到东北人的热情好客，正所谓大口吃肉，大碗喝酒。人们性格耿直，说话不拐弯抹角，但心肠火热，注重礼仪，对待陌生人谦和友好。给我的突出感觉是，只要你是个讲礼仪的人，就会得到友好的回报和帮助。一天前，在一家农场采风，我带去的笔记本电脑上不去网了，就打电话找到了酒店前台，结果不一会儿，我的房间来了四五个人，其中有服务生，有电脑工程师，还有一位酒店副经理。那位吴姓副经理还带来了自己的笔记本电脑让我暂用，尽管我面不改色地保持了适度的客气，但内心涌动的感动无以言表。果然，他们折腾半天，也没有将我的电脑弄好，我只好用吴先生的电脑上网，完成了写作资料的整理工作。——好笑的是，回青岛后我把电脑拿到维修部，才得知是我的电脑根本没有开通无线上网功能，这是后话。但那一晚一家人焦急帮忙，一起寻找解决方案的情景，令人难忘。

关于白山，围绕它的传说太多，但当置身其中，却又在满眼云雾中理不出头绪。给我印象最深的还是当地人早已具备强烈的保护意识。即便有人随意丢弃一个碎纸片，都会惹来一番环保教育，被守山人叫住，然后呆立原地接受上课。由于保护措施得当，山中的植被日益繁茂，碧草和野花铺开长长的地毯。进山后，我看到活了1300多年的巨大赤柏，人立在它面前，感觉十二分的渺小，生命的短暂在瞬间的比较之下无奈而气馁——人，所谓万物之灵，如何才能活过一棵树？你看它高大巍峨，挺拔于天地，枝叶在云端瑟瑟有声！在那一刻，我感到树不但有生命，而且有灵魂，树的灵魂是坚定纯粹的，它衬托着人类灵魂的贪婪、自负与可怜的短视。

当晚，入住万达度假酒店，晚餐后沿林间空地散步，高大的松林布置了一个奇幻般的长廊，星光透过枝叶筛落下来，满地都是萤火般跳动的斑影。而我们，相依前行，青草和松香的气息在鼻孔间缭绕，吸一口，似乎掺杂了薄荷与月光的醉意。那一晚，明月照耀着窗台，我们每人喝了一杯山葡萄酒，听着楼下野物的叫声，一直聊到下半夜。

早晨，起床较晚，在餐厅喝过热咖啡，感觉精神了许多。从酒店出发，在车上舒服地躺下，我没有像前几天那样趁机小睡，而是比较详细地清点了一下几天来的活动，一幕幕过滤和储存。近年来，我已经养成一个习惯，就是把美好的事物及时保存下来，消极的事物与情绪则迅速打入屏蔽。这个习惯随之链接出一个好品性——归属美好的事物，我会带给亲人和朋友分享，而不好的东西留给自己私下消化了之。而眼前的物景，一切都是去年的样子：梅花鹿、木酒桶、随意堆放的劈柴桦，以及自林间河畔升起的袅袅炊烟。

森林的迷宫

从山脚下乘车到天池火山口，大约需要半个小时的光景，这是第三次去看这一著名的地质景观。前两次均因为山上下雨没有看到天池真容，在它的周围是一望无际的雾霭，至今记得自己在山顶挨雨淋的一副狼狈相——风把日渐稀疏的头发吹得更乱了，有一绺潮湿的头发紧紧地贴在了一只眼睛上，两次看天池的过程都是这样。气得我下山后去理发店剃了个光头。

不知怎的，我对天池的观瞻兴趣不是很大，在我的想象中，天池周围应该是一派葱茏，长满了灌木，但实地一看，却是一片不毛之地，记得当时倒吸了一口冷气。众人听了我的疑问，皆笑曰："这是火山口呀！"

愣怔片刻，顿觉自己的愚蠢。遥想当年火山爆发时山崩地裂的场面，该是多么壮观——大山坍塌，森林呼啸，狂奔逃命的兽，燃烧的木桩，万物惊恐万状的面孔，扭曲变形的天空……大自然的怒吼，瞬间将一切化为火海。而时间是伟大的造物主，历经60万年演变，白山成了世间最美的一道风景。

山脚下的一幢木屋前，挤满了游客。走近观看，原来是卖温泉煮蛋的摊点，有几个年轻人正在温泉前闲聊，守着温泉旁一堆正在烹煮的鸡蛋。

我早就听说白山的温泉煮蛋好吃，拿了一张纸币，挤到收费窗口，却被一位朋友制止，说已经有人买了，他请客。回头一看，见那位朋友正拎着一只大袋子朝我微笑，幽默地说："女生吃一只就可以了，男生必须每人吃两只蛋，否则偏沉。"众人乐。

我把分到的那一份温泉煮蛋装在袋子里用手拎着，直到爬山车吃力地开到山顶才开始享用。折腾了几个时辰，肚子早已闹了饥荒，吃着很香，味道特别，似乎食物一入口就整个儿融化了，这是温泉的热度决定的——只有六七成熟。我想起那年去台湾，向导带我们几位山东作家品尝黑糖番薯，初尝，你几乎吃不出是番薯，倒像是一种含糖量较多的点心，这其实失了番薯的原味。

但白山的温泉煮蛋仍然是草鸡蛋的味道，口感比普通的饭锅煮蛋好吃得多。开接驳车上山的司机说，不要小瞧这家卖煮蛋的小店主，生意好得很，早已是千万身价。我回头看了一眼，发现整个山麓，只此一家温泉煮蛋店，再看看这洪水似的客流量，想不赚钱都难。对了，在山脚下，我还品尝到久违的覆盆子，甜甜又酸酸的覆盆子。

这一次，山顶天气晴朗，终于好好地看了一回天池，把眼睛瞪大，有一种恶补的快感。鉴于描述天池的文字过于浩瀚，在此不予赘述。如果用一句话来概括，我觉得天池像一面安详宁静的大镜子，用它梳妆打扮的人是仙界中的大家闺秀。它在阳光下反射神祇的光亮，从山上俯瞰，似乎没有一丝波纹，却散发一种超拔绝尘的气度。微风吹不皱它，雨点也砸不破它。我在脑海里搜索半天，企图找到一个参照物，找不到。后来，隐约觉得或许西藏的羊湖与其有些类似，都是看一眼就联想到神界——再加上围绕着它诞生的种种关于水怪的传说，就更增添了几分神秘的猜想。

下山归来的路上，我们故意不走寻常道，而是进入了地下森林通道。在这个地下通道里，我们进入了一个眼花缭乱的森林迷宫——各种野生动物在葛藤与枝叶间潜行，眼前不时有金花鼠吱吱跳出，瞪大一双圆溜溜的眼睛，当人走近时，它又机灵地飞到了树枝上。那些叫不出名字的花草和树木都是头一次见到，它们在不见阳光的峡谷深处是如何生长的呢？在谷内潮湿阴暗的地理环境中，居然可以顽强地成长为一株株乔木，没有季节与风雨的爱抚，依然可以开一树繁花。更加不可思议的是，在一丛丛野生树木的根须之下，是数千万年的火山灰和火山岩。

从长长的地下森林里走出来，仿佛穿越了一生，灵魂获得了一次洗礼与拯救。这是大自然带给人类最直接的教育，活的教育——山野的元气渗入血管。

中午，吃的是水果宴，然后我们又绕道而行，登上白山西坡，从另一角度欣赏了山上山下的迷人风光。时近黄昏，大家在一株古松下会合，坐在舒适的藤条摇椅上，呷一杯红茶热饮,交流了一下各自的见闻,片刻的休息让人感觉惬意。不知不觉间一天结束了,抬头见日光西沉,天际红彤一片,满山尽是大鸟翻飞的翅影。

窄门里的世界

我们在山脚下的湖水旁边一边散步一边交谈，有些话被春天的风记住，被路边的一株花树听见。——我们说起这片丛林茂密的世界，它的前世与今生。

此前，我不熟悉丛林的历史，尽管童年时代的一张照片记载，我曾经在白山脚下一片结冰的湖上玩耍，在高大的松柏下，被年轻的母亲揽在怀里，但那是多少年前的事情了啊。

东北的四月，冬天还赖着没走，结冰的湖面上积雪茫茫。而这一年，整整一个冬天过去了，山东连一片雪花都没落下，和东北的气候反差极大。对于一个雪的痴迷者来说，如果不特意来白山看雪，那么这一年的雪就永远错过了。错过的还有滑冰场，雪地骑马，狗拉雪橇和在热炕前偎着一盏火炉、啃着香喷喷的大棒骨喝一碗酒的惬意。

每年来长春，必定要去的地方是净月潭，然后才是白山。净月潭里储存着我少年时代的一个小秘密，类似于初恋般的情愫，但又不是初恋——那时候，我在净月潭附近的一所小学校就读，学校紧挨湖畔，湖畔山坡上有一座尼姑庵，每天早晨都传来阵阵清朗的诵经声。

印象里只读完一个学年，第二年夏天，我们全家就迁回山东老家去了。

有一个时期，我甚至觉得把一个豆粒大小的秘密存放在一个地方太久了，会变质腐烂，或者膨胀爆炸。但当我每次来到净月潭，拨开厚厚的湖滩草丛，发现我少年时代的秘密还被完好保存，它就像一只未被孵化的鸟蛋，在时间的深处成为一枚化石。这要归功于净月潭数十年来自然生态的持久不变，它的胸怀博大，足以包容世间的一切，何况一个少年人珍藏的记忆。要知道，在一个以开发为由头的时代，一座城市或者一片建筑物，太轻易地就被损毁或破坏掉了。时常，一个游子千里迢迢重返故乡，发现一座村庄早已从大地上蒸发消失，他该是何等失望。而在净月潭内缓步行走，却觉得时光停止了，一切都和从前一样，连一丝微风都没有改变。树还是原来的那株，只是像一个人，从幼年长到了中年，但那树上刻下的字迹还在，那片蒲草丛还在，飞鸟喳喳鸣叫的天空还在，甚至连少年时代的感觉还在。

我时常想，一个人在外闯荡江湖，之所以要到老年固执地还乡，传统的说法叫"叶落归根"，其实在精神的深处，正是为了找回童年的全部感觉，气味、舌尖、乡音和一些柴草般的细节——尽管这感觉不可能完整缀连，它们早已像一件旧衣服，被他乡风雨撕成了碎片。

当游子坐一辆时间的马车还乡，他要做的第一件事就是拜会故人旧物，沿着街道转遍整个村庄，也只能找到故乡一点依稀的影子。眼前的故乡物是人非，像一件拙劣的复制品，已经和童年时代的印象大不相同。没有了土地庙，没有了说书唱戏台，甚至没有了鸟巢和蚂蚁窝。因此，从某种意义上说，这样的还乡还有什么意义呢？当我步入老年时，我宁愿把大地作为自己的故乡。

在我看来，地球是以平方来算计的，故乡也大约可分两种，一个是出生地，作家莫言将其称为"血地"——母亲的血和脐带的血，以及懵懂童年时流过的生命之血：被镰刀割伤，被荆棘划伤，被狗咬伤，被牛蹄子踢伤，都会以血喷涌的方式接触大地；第二个故乡则是这个地方曾经给予过一个人丰厚的滋养，那里的自然、山川与河流培育了他的性格、趣味、胸怀和价值观，那么，这个地方也可以被称作是自己的故乡。

比如眼下的白山及其周围，就是我的另一个故乡。在我精神认知中，它甚至比出生地更为重要。在漫长的人生旅途中，在为生计流浪奔波的路上，当我一次次遭受命运与暴风雨的击打，疲惫不堪地倒在城市某一幢房间的床榻之上喘息，在雨声中渐渐入眠——梦境中的我仍然是一个少年，在幽暗的林荫小径迷失，眼前忽现一扇窄门，我侧身进入门内，抬头却见一个满山都是杜鹃花开的画面。醒来，颓废的情绪不翼而飞。我承认，我从这个梦境中获得了神秘的能量。

松塔上的雨滴

在白山游历的日子里,我已养成了另一种习惯:对被世界忽略的微小事物进行观察与揣摸。比如一块出现在林间空地的白桦木,它像一个弃儿躺在树根下,光滑透明,是一件天然艺术品。我忍不住将它捡拾起来,拿回车子里,再装入行李箱,带回我位于青岛的林间工作室。写作时,只要我抬头或侧身,都能看到来自白山大森林的数十根白桦木。它们在我的书房里整齐排列,像一片亭亭玉立的白桦林。

有一次,在行车途中,一幢旧木屋突然进入视野,它远远地出现在一片林间空地,孤独而苍凉。我先是把车速放慢,找一个位置停下来,下车步行走近木屋,企图搞清它的来历,确定它的用途。我看到木屋内蛛网密布,窗台上放着一只破瓷碗,几只老烧酒的空瓶子,一只旧袜子和磨破了的兽皮手套。屋子一角的墙壁上,仍然挂着一盏马灯,玻璃灯罩上布满了灰尘。我将其小心取下,拧了一下开关,只听"叭——"的一下,发出一声脆响。尽管已经打不出火，但我知道它没有损坏，续上松油再换上一块新火石还能继续使用。嗅着屋内一股潮湿的霉味，我一时无法判定木屋主人的职业，我只知道这个人曾经在木屋里居住了至少有三十年的时光。依据屋内的面积推测其活动范围，应该只能容纳一个人的生活。不知怎的，我突然感觉心头一热，涌出一阵莫名的感动，想：这一定是一位勇敢的人。要知道，独自一人在一片原始森林里生活，哪怕只是一年两年光景，也够得上英雄称谓了。因为当一个生命置身于浩瀚的丛林，他无法做一位逍遥的隐士，隐士情结都是诗人们的想象罢了。他要生存下来，忍受着巨大的孤独与寂寞，一边与自然界进行搏斗，一边还要与之和谐相处，在夹缝中求得一息生存之地。

他必须每天劳作，到山上采集食物：野果、木耳、蘑菇、猴头菌、山丁子、越橘、蓝莓、灯笼果……夏天来临，他要到河畔捕鱼，与各种动物遭逢相遇，避免冲突，稍有不慎就会被黑瞎子取走性命——一只棕熊的打击力度是754公斤，挥掌速度每秒5.4米，而人的力量远远不能与之相抗衡。夏天草木葱茏，即便他能够顺利地捕到几条鱼，在回木屋的途中却极有可能被潜伏的毒蛇袭击，咬中脚踝，这样的事情经常发生。那么，他必须以最快的速度赶回木屋，取出自配的药方进行自我救治，哪怕晚上一分钟都有可能丢了性命，像木屋里那盏永远熄灭的马灯。

当然，如果说这些都能根据多年的野外生存经验一一过关，那么最难熬的日子要数冬天来临，白山的冬天达到零下40多摄氏度，尤其遇到暴风雪的天气，他要蜷缩在木屋内用木柴烤火取暖,听森林里一夜风吼,眼瞅着雪一寸寸地堆积到窗台,直至把窗户糊严。这时候,每一朵雪花都是来与他争夺氧气的催命鬼。进山前,一位老采参人对我说过这样一句话:"在森林里长期居住,得在屋后备好一副棺材。"我听了忍不住陷入片刻的愣怔与冥想。

在山中,我还观察过一枚松塔上的雨滴。那一天,山中下了一场雷阵雨,雨后很快出了太阳,一缕柔和的光线照耀着一株松树,松针被雷雨刺激得张开了锋刃。拨开枝叶,我看到一枚松塔像一只可爱的小熊,正吸饱了雨水的精华,十分惬意地在松枝上睡眠。

一滴雨水,在松塔上闪亮,像一粒闪闪发光的珍珠。

我知道,雨水里不但有珍珠,还有季节的马车和信使,诗歌和音乐。有春天的常青藤伸长幻想的触须。一朵野花开在穗头上,招徕蜜蜂——蜜蜂把刺扎进花蕊,像经验丰富的酿酒师。

松花酒的气息

在这个枯木发芽的春天,一股松花酒的香气在白山周围弥漫,仿佛松果经过了时光的发酵,把山林中一种独特的气味发散出来,抵达鼻尖,敏感的人先是一愣,然后是一阵懵懂。

日光忽暗,闻了松花酒气味的人仿佛中了季节的迷香,无论是走路的姿势、说话的语气,甚至观察事物的眼神都会有所改变。

他会忽然间用一种温润诗意的眼神看世界。他会觉得眼前的春天太好了,积雪消融,远山渐绿,白山脚下的河水比往年清澈,鸟儿飞得忘情,划着优美的弧线。而那些散落在历史星光下的村屯,那些用木材和石头建造的房子,那些隐藏在民间砖瓦墙缝中的陈年旧事,都被这一缕香气激活,变成东北大地上经久不息的传说。故事里有豺狼虎豹,风雪之夜归人,和能够变成精怪、会讲人话的黄皮子大仙。

而在身边,是同一族类的朋友,无论谁说一句话,人人都能听懂。——多年之后,我知道说话其实是一件玄机重重的事情,被人听懂和愉快接受并不简单。我怀疑那些爱喝闷酒的人,是因为有一肚子的话说,却找不到可倾诉之人,遂将心思寄托于酒,于是乎渐渐变成酒鬼。这很不好。而人生中有许多"不好",追根溯源,乃出于长夜难消的寂寥与孤独。

当然,这一次我们不是坐在林间灯下棋逢对手,或听一夜雨声痛饮长聊——这个场景令我想起多年前,白山的冬天落雪了,深夜幽寂,北风呼啸,松树和灌木下瑟缩着野獾和松鼠们的尾巴。

而此刻正是春季入境,万木复苏,城市的喧嚣被短暂遮蔽,我们是在白山脚下的松花酒窖,闻着这一缕萦绕在半空中的香气,每人手里晃荡着一杯松花酒。

在此之前,我对酒的概念和认知模糊,比如我认为天下的酒都是高粱酿出来的,玉米酿出来的,红薯酿出来的,或者土豆酿造出来的,要么是用葡萄酿造出来的,或者干脆用植物的秸秆……

而整个白山,浑身上下都是宝贝哩!松花酿酒,春水煎茶。《本经》《本草纲目》早有记载:松花粉"润心肺,祛风止血,壮颜益智,强身健体","亦可酿酒"。《随息居饮食谱》曰:"松花粉酿酒主养血息风"。

那一天在松花酒窖,经过主人一番介绍,颠覆了我对酒的印象——颠覆了概念,颠覆了味觉,还颠覆了"小酌怡情"的恬淡传统,其直接后果自然是一场醉。

当夜,我磕磕绊绊,行走在鸭绿江畔,不时仰望一轮凄婉明月，满嘴胡言乱语。松花酒的味道，竟然勾起我记忆中许多与农耕时代有关的事物，这些都是埋藏在时间深处的影像，诸如农具、地窖、马车、樟木箱、垛草，以及胡萝卜和大白菜……它们密集而至，在眼前嘤嘤乱飞。这好奇怪，仿佛一杯酒里写满了密札。

在那一刻，我甚至还想起一生好酒的父亲。他活着时，我经常讥讽他"吃馒头也要蘸酒"。看看今天的自己，难道这是要步其后尘的节奏吗？

友人曰：保存岁月最好的方式是把岁月变成诗，保存诗意最好的方式是把松花酿成酒。

雨水里有松脂的气味

"前面就到白山啦。"

话音刚落,雨说来就来。雨珠在挡风玻璃上滚动,像顽皮的孩童跳来跳去,它们很快占领了方向盘前的舞台。我们坐在车内,观看一场雨珠表演——这透明的、小小的演员,像蝌蚪界的名角。这是白山的春雨,它们掠过浩瀚的松树丛林,带有松油的清香,一部分被风吹远,一部分来到我的车窗前。

雨是上天恩赐的礼物,并且有好赖之分,杜甫诗云:"好雨知时节"——一场好雨是柔软的,沙沙地落着雌性般温存的呢喃,是说给大地的情话;这样的雨落到白山顶上,枯黄的草芽和树梢顿时就绿了一片,山下的河流解冻了,积雪丝丝融化,变成溪流汇入河水。遇到这样的雨天,白山人走出木屋子,身披蓑衣,手持钢叉,肩扛渔网,十分惬意地提着木桶到河里捕鱼。河水里游着食指大的小白鱼,捞上来炖汤,味道鲜美到要死要活。

这样的小白鱼汤，我十年前在内蒙边境小城阿尔山品尝过。那也是一次文学采风，向导熟悉当地的风土人情，其中美食为最，一路上推荐我们一定要喝一次小白鱼汤，它们产自长长的"哈拉哈"河。"哈拉哈"河丝绸一样在草原上飘动，清澈得可以看到河底的水草，人们一网打下去，便会捕捞半篓子活蹦乱跳的小白鱼。当地人专门开设了小白鱼罐头厂，行销四方。除了味道鲜美的小白鱼，阿尔山一带大大小小上百个野湖也温润可人，像病美人的明眸，睫毛下流露哀伤。

沿着野湖一路向东，就是广袤丰饶的呼伦贝尔草原。夏天的草原是开着花的，一如这绵绵细雨中白山的森林和洼地，沿途都是姹紫嫣红的野草花。

白山的气候变化多端，接连下过几场好雨之后，老天便要有意考验一下人类，或者故意和人类开个玩笑——用什么手段刺激一下麻木不仁的人类呢？下一场坏雨吧。于是狂风大作，山呼海啸，整个森林发出怒吼，鹅蛋大的冰雹砸下来，躲藏在林间的动物吓得四处逃窜。白山人管下冰雹叫下"雹子"，这里的雹子个大实沉，像秤砣，曾经砸死过山中的采药人。有一年下大雹子，风卷残云，所到之处，遍布动物的尸体。还有一些大树被风连根拔起，壮烈地倒在林间空地。松树气质虽然不凡，但松枝谈不上十分柔韧，很容易在风中折断。断裂的松树并不影响生长，仍然直上九霄。而且，松树全身都是宝物，树身可以做栋梁，打家具，制造船只；松子可以榨松子油，加工松子零食；松花可以制造松花粉，是天然的养生保健品。最有趣的是松塔，像一座天然的微型艺术品，更像是神灵的专用道具，是童话的缩影——剩下的是松针了，我有一位名声卓著的兄长，长期将松针当茶饮用，饮后神清气爽，写出了皇皇百万巨著。

在旅途中，我们还在白山脚下走过一次狭窄的甬道，那是从集安到临江的一条路，原本开阔平坦，走着走着就钻进了玉米地，周围没有人影，路畔有几幢破旧的木屋子，从其低矮的尺寸分析，不像是给人居住的，倒像是流浪的动物们的避难所——我在想：人类已经达到拥有如此大爱的境界了吗？再往前走，路两边出现了簇簇灌木，路狭窄到令人窒息，仅仅够一辆车子通过，不免胆战心惊：如果对面开过来一辆车如何是好呢？根本没有错车的空隙。好在这种让人担心的事情没有出现，而车子几乎是一点点下滑，迟疑不决地走出了这段迷宫一般湿滑的道路。

刚走出甬道，一场白山松雨就来了——白山的雨洋洋洒洒，出现在幽静的屯子上空，落在一群过马路的白鹅身上，落在一片开花的土豆田上；白山的雨，把整个白山的野草花清洗了一遍，野草花像一盏盏灯笼升起在山脚下，照亮了一幢幢干草棚和屋顶飘散的炊烟。

而玲珑剔透的雨珠继续滚落地面，制造出一片好看的气泡，里面跳跃着彩虹，雨水里有松脂的气味。有许多次，我设计过一个梦一样的场景：在白山的一场好雨中，我们变成了松鼠，躲进了树穴中嗑食葵花子，四目对视，会心一笑。

侧耳谛听，树穴外的雨声何等美妙动听。

黄昏，雨停风住，霞光满天普照，空中翻滚着多姿的云彩，有的像一条巨龙，有的像一团好看的锦缎，有的则像一尊菩萨，双手合十，静坐在白山之巅。

萤火天堂

傍晚,我照例在林间散步,不小心进入了一处山崖与峡谷布置的迷阵,细雨及时地飘落下来。

眼前忽现一个山洞,洞内一片通明,似乎还从中传来阵阵奇妙细小的微响——我被吸引,快步走了进去,顿时被洞内的阴凉气息袭击。我发现山洞很大,幽深不见出口,湿漉漉的石壁上聚满了流水,一些细小的葛藤顽强地从石缝中探出叶片;而洞内的一片光亮在忽高忽低地起伏飞翔,把洞内制造得扑朔迷离,如梦似幻。起初,我还以为是森林管理员精心打造的效果,或者他们要开发这个山洞,以此招徕游客。

但我很快就否定了这个判断,因为山洞外太狭窄了,脚下即是万丈深渊,开发空间几无可能。那么,洞内的光亮究竟源自何处呢?至今是个谜。当然,我怀疑是萤火虫,因为只有它们身上背负着一个小小发光器,夜晚发射神秘的光源,在黑夜的屏幕上划出一道轨迹——试想,如果追溯到远古时代,旷野茫茫,夜幕如铁,这道光亮的出现是个多么伟大的奇迹。

当我还是一个少年时,曾经在故乡水库旁边的营地度过一个漫长的假期,每天在生满芦苇的水中游泳嬉戏,时光一晃就是一个夏天过去。有一次,夜幕降临,我提着泳衣走上堤坝,穿过林间返回营地,忽然发现有成群的萤火虫在我周身飞翔,它们没有声音,却照亮了林中道路。那一刻,我置身森林,左顾右盼,脚步轻盈,仿佛进入天堂般的梦境。

自那以后,我便格外怀念这一缕微弱的神性萤火,当在黑夜行走在荒野上时,它们便和夜空的星群呼应,神奇地在我眼前飘荡,让我接受上苍冥冥之中的暗示。我在瞬间获得了安宁,面对眼前的处境坦然而从容,不再疑虑也不再恐惧。其实在人类的生活中,只需要一点萤火的光照就够了,就可以把凄苦的日子酿造出希望的蜜浆。

还有一次,我在下山时遇到三只梅花鹿,它们隐藏在美人松后的雪窝里。起初,看不到它们的长脖颈和脑袋,树身下闪动着几只毛茸茸的尾巴,屁股居然静止到一动不动。显然,是我们在山上的说话声惊动了它们——人在山上说话,哪怕声音不大,也会像石子一样在滚下山坡,发出咕噜咕噜的声音,山下的生灵耳朵灵敏,老远就能听到。

当然,还有一种说法,就是白山原本是一座神山,可以喷火,也可以涌泉,山上山下被互相打通,自然也就没有秘密可言,人说的每一句话连山上的草都能听懂。当你在山上唱歌,说些吉利的话时,漫山的动物和植物都会跟着高兴,随风舞蹈拍手鼓掌,如果你在山腰上不小心跌倒或者受伤了，嘴里发出抱怨和责骂声时，整座山都会黑下脸来，山体飕飕地向外散发冷气。

那天，鹿们一听到人语，便躲到了大树后，屏住呼吸静等人的脚步声远去。只是，这次遇到的三只鹿未免太憨厚朴实了些，觉得眼睛避开了人，人就看不到它们硕大的躯体，它们以为这样就算藏了起来。因此，我们当即认定，这是动物界中品性良好的三只鹿，没有什么城府，对人类更是无害。

与其他的猛兽不同，白山一带的梅花鹿以温柔著称，尽管身材高高大大，却是动物中最面善的族类。通常，它们与世无争，对任何动物都表示友好，这一点和羊类有点相似——都长着一副诗人或哲学家般瘦削的脸颊，随时为真理作出牺牲；年长的鹿留有胡须，眼睛流露温和，让人感觉亲近，如果它们能发声，一定是和声细雨的，像部落里足可信赖的长者。可现实的情形是，它们享受不到人类的文明秩序，没有自己的部落，也没有组织，没有精神引导，没有天气预报……在残酷的自然界，它们只能被动承受着四季的冷暖，暴风雪的袭击，遇到攻击时找到洞穴躲一躲，遇到阳光的天气就出来觅食，身上多了伤口就互相舔舐安慰，有了开心的事情也不会吟诗歌唱表达欢喜。在世界面前，它们永远投去平静温驯的目光：没有哀怨、没有挣扎、没有欲望……常常，鹿身上无端地落满了苍蝇，落满了麻雀的粪便，落满雨雪和冰雹的刀剑，但它们总是若无其事地从容散步，面带微笑，隐忍着走过危险的布满陷阱的丛林。夏天，它们躲避风雨的地方，不过是一块陡峭的岩洞，雨水正从天而降,瀑布一样泼洒下来,可爱的鹿们只是伸出粉红的小舌头,舔舔雨水,用身体蹭蹭崖壁,内心企盼着阳光的照耀。

面对鹿是自然界中最善良的生物之一这一事实,人类多少有些百思不解,觉得它们长有一副高大的躯体是一种浪费,它们完全可以凭借一身力气向天敌发出挑衅,或时时以欺辱同类证明实力,但它们却果断地作出了谦卑平和的选择。恰恰正是这一点,让人类有所感悟:唯有内在的品格标识着我们的行为,它们是河流汹涌前行的方向。

当我在林间游历,面对千年的火山岩石和躺倒在地的百年枯木,时常被巨大的孤独感充塞灵魂,感到失望而无助,觉得生命在天地间如此渺小,人生太短暂了;但当我转身向后朝丛林深处走去,看到雨后的草地上野花绽放,叶片上的露珠闪烁光亮,我又忍不住浮现出一种生而为人的庆幸和喜悦。

会跑的人参

在整个白山,似乎什么都会跑:从早晨开始,太阳从天上跳到地面上跑,把整个森林抚摸了一遍,数落了一遍。野兔远远地看到林间有一个火球,以为是什么可以吃的东西,撒开著名的飞毛腿可劲儿追赶,结果累得大汗淋漓也没有追上。太阳似乎有意捉弄这只傻乎乎的兔子,故意给追逐它的家伙制造错觉——它一会儿忽高忽低,在枝杈间跳跃,一眨眼跑到山顶上去了;一会儿又在它眼前晃动,近在咫尺,触手可及,但当野兔觉得就要一口咬到这个烫嘴的猎物时,天空却突然乌云密布,一场阵雨砸了下来,太阳躲到乌云背后痴痴地笑。

到了夜晚,最会跑的自然是月亮,跑累了就歇息半个多月,任谁召唤也不出窝。在白山,人人都知道月亮聪明又机智,一百只狡猾的狐狸也耍弄不了一个月亮。狐狸冥思苦想,想出一千条计谋,但那点小算计会被月亮一眼看穿,所有的算计在月亮面前都是白扯。因此,人们给它取了个绰号叫"贼月亮"。只是白山人质朴实在，叫着叫着，就把月亮唤作"贼亮"了。白山人的勤劳是没得说的，他们早出晚归，无论在山中砍柴伐木，还是采集药草，当满山黑咕隆咚走夜路时，便格外需要"贼亮"出来照应一下，才不至于一脚踏空。这个不是说着玩儿的事情，几年前在白山，有城里玩跑车的纨绔子弟逞能炫富，愣是把车开到了山林禁地，一路狂奔，接连碾死了几只动物，野獾啦，野猫啦，等等。这时候，原本在山顶上小憩的一轮大月亮看不惯了，一下子将身子隐到云层里，这辆野蛮跑车超速飞奔，在拐弯处眼前一黑，车子就滚落到峡谷中了。好在月亮的心是柔软的，让一株老树在中途拦住了车子，漂亮昂贵的跑车被卡在了半山腰，受了伤的司机满脸是血，好歹捡回了一条小命，挨了一个重重的教训。

在白山，人类没有任何秘密可言，除了敬畏与呵护，你不能做出半点越矩之事。如果因为一念之差做了坏事，报应很快就来。在白山，虎有虎的规矩，狼有狼的规矩，甚至连一只爬行在草丛里的天牛虫，也都有自己的规矩。关于这一点，不但尽人皆知，整个山中的动物与植物都了如指掌。

规矩即天道定律，甚至就连人与动物都具备的奔跑本领，也是有规矩有讲究的，大致分类如下：1. 太阳和月亮是万物之神，它们想跑多远就跑多远，速度自行掌握，人类与其他动物不得干涉；2. 东北虎力气大，但不能跑得太快，否则林中的弱小动物都让它们吃光了；3. 松鼠和野兔可以有限度地快跑，想吃它们的天敌实在太多了；4. 山鸡和鸟类不可类比，它们虽然都有翅膀，但飞翔能力很差，于是神灵让山鸡多了一项本领：食量很小，安于守静，无形中避开了天敌的进攻；5.狍子是最不受上天待见的动物，它们智力低幼，身体肥硕，奔跑能力颠三倒四，总是跑一圈又折回来，恰巧落入追赶者的血盆大口。没办法，这是上天的安排。但对于人类来说，狍子肉并不太好吃，吃起来不是很香，土腥味也比较重，因此你几乎在城里看不到专门开设的"狍子肉馆"。夏天簇拥街头的撸串大军中，除了牛羊肉、五花猪肉、鸡心鸡架、海鲜生蚝——人类把能吃的活物都拿来撸了个遍，却依然没有发现烧烤炉上有傻狍子的一根毫毛，傻狍子幸运地躲过了惨遭被撸的命运。由此可见，这是上天有意给世上的傻瓜留一条生路。

写到这里，我还要叙述一个在白山自古存在的个案，那就是有一种半是生物半是植物的精灵古怪——对了，这就是人参。人参，顾名思义，它是人的一部分组成吗？我一直认为，人参是一种跨界的生物，单单从外形上看，它的确像一个小小的婴儿：它拥有人类的身子，比例适当的腿、胳膊、手掌、毛发，甚至肚脐眼，甚至生殖器，人们讨好地称之为"人参娃娃"，这称呼人参不一定买账。

《神农本草经》是现存最早的中药学专著，记载着中国四千年前就已经形成的人参药用的精髓："人参，味甘微寒，主补五脏，安精神，定魂魄，止惊悸，除邪气，明目，开心益智。久服，轻身延年。一名人衔，一名鬼盖。生山谷。"

令人倍感神秘的是，人参居然拥有一颗和人类相似的头颅,尽管小了一点儿,但也足以让人类"细思极恐"的了。这是因为,有了脑袋的植物,还叫植物吗?至少是不纯了。植物一旦长了一颗脑袋,意味着它具备了思考的能力——它能够识别善恶美丑、知晓真假悲喜,可能目光比人类看人类更加犀利和准确。我相信人参一定拥有这项上天赋予的高超绝技——把人类看到心脏里去,看到血管里去,不给丝毫诡辩的机会。

而且,作为一种植物,它会跑,像大自然中的"土行孙",遇到贪婪或者居心叵测之徒,聪明的人参会眨眼之间溜掉,钻进土里,或者石缝之中,消失得无影无踪。基于人参会逃跑的缘故,经验丰富的采参人便学会了祈祷和默念咒语,用一根辟邪的红头绳将寻到的山参系牢,但据说这样的做法并非全是灵验。事实上是,真正修行到家的通灵山参有缩身本领,能够挣脱绳索,哧溜一声遁入深土,把一根成团儿的红绳子独留地面,让采参人呆愣半天,气得跺脚翻白眼。

那一年夏季,我曾经跟随一个老采参人一起到山林里寻找人参,一连三天都一无所获。

一路上,这个行为古怪的老头儿总是叮嘱我这也不能做,那也不能说,搞得我忐忑不安,不知如何是好,原本出于好奇的心理和寻宝乐趣被一扫而光,剩下的是扫兴。

第二天早晨,我提议分头寻找,中午在河边帐篷里集合。其实,是我有意想躲开他——只见老头儿一声不吭,背起布褡子走远了。我先是在河滩上抽了支烟,思忖着下一步的行动方向。我拿定主意,决定顺河而行,拐弯进入一片更茂密的老林子里去寻找。据说这片老林罕有人迹涉足,林中长满了高大的古松,许多古松已经生长百年,三个孩子的手牵在一起也搂不过来。我气喘吁吁地走了大约五华里路,阳光从枝叶间照射下来,眼前儿现一片开阔的高地,耳畔是森林神秘的声音。终于走累,便靠在一株大树下坐下小憩,好像还打了个盹,但当我无意间抬头朝近处一瞥,映入眼帘的竟然是一片红光。我定睛细看,天呐,不远处的灌木下生长着一株野山参!没错儿,首先是它奇特的花萼太特别,红色的花蕾老远就能看见,像是在小小的叶片上升起一朵爆开的礼花,神灵的气息撒向四周。我按捺住内心的狂跳,蹑手蹑脚地走近这株神秘的植物,经过一番仔细观察研究,确定这是一株真正的野山参,如果没有猜错,它的年龄应该比我还大。冷静下来,我依照当地采参人的风俗进行采参:祭拜过后,用一根红绳子牢牢地拴住了它的身体,还用手机拍了照,在离它最近的一棵树上刻了标记。但我实在缺乏采参经验,手中的铲子不听使唤,山参的根部似乎被设置了保护措施,真担心从地上会射出利箭。情急之下,我给老采参人拨打手机请求帮助,一连拨打了十几次都无人接听,急得我出了一脑门热汗。后来,我干脆扯开嗓子大声喊叫:"喂——喂——喂——!"声音在森林里久久回荡,惊起一阵莫名其妙的骚动,害怕招来虎狼,吓得我只好收声。无奈之下,我回到河畔,直到正午才见到老头儿慢悠悠地出现。结果不出所料,当我们返回采参现场,看到的只是地上一团蜷缩的红线绳儿。

老头儿面无表情,嘟哝道:"溜了……"整整一个下午,我们蹲守在采参现场原地未动,暗暗期盼这株野山参再次出现，被我们活捉，但这只是徒劳。

夜晚，我们回到河畔，坐在临时搭建的帐篷里吸烟，我陪老人默默地喝掉了一瓶东北老烧，还啃了两只卤猪蹄。老采参人牙口不怎么好，只是就着一碟盐水煮花生喝酒。他的酒量真大，似乎不动声色地抿了一口酒，其实杯底已空。

三天来，他都一直沉默，喝了一斤烧酒后，终于打开了话匣，我这才发觉他原来有点轻微的结巴，只听得老采参人说了一句意味深长的话——他说："老子挖了大半辈子野山参了，可采到的都是参王的弃儿！真正上好的野山参不是给人类享用的，这辈子你也挖不到一棵——嗯嗯，我说这话你别不信，如果你能顺顺当当地采到一棵百年老参，我就、就立马脱了裤子……"他长叹一声。

幸好，我的手机相册里还保存着那株野山参的照片，它成了实物存在的唯一佐证。事后，每当我看到这张照片，就忍不住发出疑问："可它究竟溜到了哪儿？"

如今回忆起来，在白山，围绕着人参演绎的神秘传说可真多。它们成了人们在冬天大雪纷飞之时，一家人围坐炕头、嗑着葵花子打发漫漫长夜的最佳方式——那一刻，火炕下的松木劈柴烧成了灰烬，炉子上的水壶咕嘟咕嘟地烧开了，屋内弥漫着好闻的烟味，而窗户外面的森林正在承受一场暴风雪的降落。

有人说，天下所有的故事都有上百种讲法，即便同一个故事在不同的版本中也变形走样甚至大相径庭。但在关于人参的故事中，却统一着一个共同的版本，里面都有一个会跑的人参。

森林响了一夜

其实,白天的森林是没有声音的——夏天过去,秋天来了,阳光懒懒地照着空地上的干草,空中弥漫着一种野蘑菇味,周围的一切都是静静的,静得可以听见蜥蜴在草间爬动,可以听到血管一样细小的流水从树身上滴落,渗入树根部的泥土,在落叶下形成腐殖土。有一次,我捧起一把腐殖土放到鼻间嗅闻,闻到一股古怪浓郁的腥气,是树根儿?我的头当即就晕了,胃里的酸水呕吐出来。但当我把这捧土放到阳光下一晒,竟然很快转化为松木的香气,令人觉得妙不可言。

我猜想,那是动物们的精魂被阳光逼跑了,跑到了某一株树上继续躲藏。

常常,在整整一个白天,我都背倚着一棵高大的水杉,享受森林的宁静,抬眼即能看到缓缓流淌的河水,细长的水蛇熟练地游向对岸,一只硕大的白鸟扇动着翅翼在树丛间栖落。——那时候,我的眼神还很好使,嗅觉像狗一样灵敏,耳朵也没有毛病,我觉得全身的器官像一支队伍，它们各就各位，随时听我发号施令，让我享受世界传递而来的风声雨声、落雪声，细小的流水穿过枯草丛和树木轰然倒塌的声音；让我闻到各种草木、野花和蓓蕾，以及雨后松油的气息；让我的脑海里幻化出各种美好的往事：江南小镇的窗户，一张美丽女子的脸颊，木阁楼上方满天的星光，咯咯的笑声在黑暗中比蒲草还暖。那有着一双美眸的女子究竟是谁呢？我搜肠刮肚地检索回忆，却最终不得要领——名字忘了，细节忘了，过程也忘得差不多了。隐约记得，她的额头闪烁一丝雪花的高冷，她的手指细腻、孤独而柔软，握在手里，像一条可怜巴巴、刚刚出生的小蛇；她的话语在深夜，像盛开的凌霄花一样生动悦耳，让窗户变白发亮。哦，那是多么久远的事情。

后来我想，可能是我实在太贪恋这林中的寂静了，上帝便让我拥有另外一番体察——在那个秋天的下午之后，我背倚树身陷入睡眠，山风骤起将我吹醒，我起身伸了个懒腰，在林间踱步，黄昏来临，林中的夕阳像火一样燃烧。我饿了，就在腐败的草堆里捡拾野果，很快捡到几只红透的落地沙果，还有三个猕猴桃，两只半生不熟的黑梨和一些野山芹菜，这些山野里的食物足以让我存活下来。不知怎的，那一段时光，我突然变得超级懒惰，一个人在林间的小屋锅灶冷清，已经半个多月没有生火做饭，奇怪的是肚子也不怎么饿，仿佛吸一口空气就饱饱的了。要命的是，一种真实的虚无感占据了我的灵魂，可能是阅读历史和哲学带来的后遗症。我忍不住在心底大叫一声："让我寂静下去吧，像寂静本身！"我无耻堕落的样子大概只有林间山神知晓，而我本人完全像一个醉汉，对身体突然出现的状态浑然不知，并且任其发展无力改变。我衣衫不整，一脸胡子拉碴，满嘴胡言乱语，说些不着边际的话，自己也不走心，让其随风飘散。多年了，我是一个孤魂野鬼，终年独自在山林中游荡，形单影只。渐渐地，记忆已然丧失，语言开始退化，视力呈现模糊，好在我的听觉还发挥正常，能听到死寂的森林中发出的哪怕微小的响动——松鼠摇动尾巴、蚂蚁遭遇水灾、果球突然爆裂、露珠滚落在地……世界上什么是大事情？对我而言，这些事情就是。

但是，黄昏过后，夜幕降临，白山顶上突然跳出一轮碾盘似的月亮，像浪里白条，像林中响锣，更像一张薄薄的纸片。总之，它在照亮整个森林的同时让我的感觉系统旋即失控，在瞬间陷入可怕的迷狂——在深深的夜晚，我开始听到树枝与树枝在互相摩擦；虎狼之间在争斗残杀，各种计谋令人心惊肉跳；我听到一向善良的梅花鹿在合谋让一只山狸落入猎人设置的陷阱……我的情绪坏透了。就这样，风吹了一夜，森林响了一夜。

后来，冬天到了，十一月份，白山突然下了一场大雪，我被冻僵在林中的树桩上，身体动弹不得，但勉强还能呼吸，更加奇怪的是，还能听到林间的各种喧嚣。风呼啸着掠过山林，雪一场接着一场，我能明显地感受到自己的身体渐渐变凉，被风雪敷了一层冰甲，越裹越厚。好在，我还能看到眼前的河流和悬崖，凭借残存的记忆，靠每天数算从山上滚落多少石头过日子。那些石头大小不一，从山崖落到河里。比如，腊月初六，从山上落下五块石头，其中一块重达五十公斤左右；正月十八，从山上滚落七块石头，砸死了刚好路过的两只狍子；阳历三月，从山上滚落一片碎石，数目不清，连带着一株弯曲的酸枣树自山顶飞落……春天，碎石滚落之后，一股清冽的气息扑面而至，我抖了抖僵硬的身体，脑海里跳出一个字眼：哦，春天！河流解冻，群鸟飞过，大地和山峦呈现起伏的曲线。

　　我融化了，抖落身上的冰屑，歪歪斜斜地走出了森林。

缓缓飘落的树叶

哈哈，我又犯了顽固的完美主义者疾病，把林间的生活想象得如诗如画，比如每天能够睡一个长觉，睡到自然醒，任谁敲门也不给开，只伸个懒腰扭身向里，睡足了才穿着睡衣下床，在壁炉旁喝一杯牛奶，啃个大列巴面包，听点巴赫的音乐，一边读几页诗。我发现诗歌可以清理睡梦中遭遇的一些不愉快，诸如坟墓、鬼魂之类的画面。先前我外出，习惯带一本小说，契诃夫或者卡佛，事后验证在旅途中很难将小说读进去。旅途中往往身不由己，心不静呵，另外在路上遇到的新鲜事儿，常常胜过小说情节，本人成了小说中的人物，你只管体味好了。

后来，我出门时只带一本或者两本诗集，诗歌和苍凉的异乡格调比较搭配，其闪电般的特性也和车窗外的景色和谐一致，那些云朵与河流，都诗一般流淌风一样自由。读到精彩处，我会忍不住脱口而出，朗诵几句，惹得同车的人从瞌睡状态醒来，一路兴奋。记得有一年九月，旅行车在阿尔山燕麦田间的公路上行驶，有人朗诵了一首普希金的《致凯恩》,满车的人跟着欢呼,大喊大叫,接着唱起了歌。在尘俗日子里滚爬的人,一年里也难得有如此忘情的时刻,而这些美好的场景只能在路上才会发生——在天降暴雨的时刻,风吹树叶沙沙作响的时刻,某一只野物在草场上奔跑撒欢的时刻,以及一轮饱满的大月亮在荒野上空铜盆一样滚动的时刻。在我看来,这样的时刻都是闪着光的,像春天的树顶响着鸽子的哨音。

打中学时代起,我对伟大的俄罗斯文学开始着迷,先是屠格涅夫的《白净草原》,后来是蒲宁的《米佳之恋》和普利什文的《林中水滴》——我至今记得自己在夏天乡间的梨树下阅读它们的情景:风吹动着一个少年人的短袖白衬衫,心底流淌着类似于荒漠中的一湾甘泉,眸子忧伤、清澈而又有几分茫然。那时候,求知若渴的我是多么想尽快弄懂人世间的道理,那些美妙的唐诗宋词出自古人之手,那些厚厚的哲学与美学出自遥远年代的先哲之手,但在当时,无论我用怎样的姿态去接近它们,使出浑身解数却仍然不得要领,至多略知皮毛,似懂非懂。这是成长路上必经的懵懂和迷惑吗?那时候,我羡慕青年时代的高尔基,他在流浪途中遇到了老托尔斯泰,就像在暴风雪的天气遇到了一丛篝火——托尔斯泰像对待自己失踪的儿子那样,把迷惘中的高尔基带到自己的庄园里,给他煮了一壶黑咖啡,让这个野性冒失的年轻人美美地饱餐一顿,然后带他去高大的橡树林中散步,阳光照耀着两个忽大忽小的身影,风轻轻吹着,空气中始终弥漫着一股野茴香的气味,让年轻的高尔基那一颗狂热却又饱受摧残的心获得安抚和疗愈，让他压抑在内心的反叛情绪得以稀释。我不能由此断定托尔斯泰对高尔基的创作起到了多么大的作用，但曾经有过长达十余年流浪生涯的高尔基性情中的温情元素，一定与这次会面有关。尽管，两位文学巨匠在此后的交往中也发生过争论甚至不快，但这只是一些文学观点上的摩擦，没有影响到两个人根深蒂固的亲情和友谊。建立在博大土壤之上的情感都是抗摔打的——公元1910年秋天的早晨，时年82岁的列夫·托尔斯泰离家出走，11天后死于一个叫阿斯塔波沃的荒凉小站，死讯迅速传遍整个俄罗斯大地，正在意大利侨居的高尔基闻讯后抱头痛哭，仰天大叫："这真是晴天霹雳！"他事后表述说："我有生以来第一次哭得这样伤心，这样难受，这样厉害……是一种绝望的大哭。"在整整一天，他都在为失去这个早年的精神之父而哭泣不止，感觉自己再次沦为孤儿，被冷漠的人间抛弃。

与伟大的高尔基早年漫游大地的经历不同，少年的我被县城压抑窒息的环境牢牢束缚。在我的中学时代，除了几个要好的文学好友外，我没能从成人世界里获得多少正面影响，更没有遇到一个经验丰富的人给予指点迷津。在小县城，成人世界除了关心世俗层面的事物，注重拓展精神格局的人十分稀有，聪明的人们围绕着吃穿、赚钱、升迁、拉关系展开活动，绞尽脑汁。在整个少年时期，我像一株野蛮生长的植物，独自徜徉在护城河畔，做一些不切实际的梦，性情敏感而脆弱，为一点微小的事物而烦恼。后来，因为体弱多病，我索性休学了，自此躲在父亲就职的县委宿舍独居长达两年之久，直到北上服役才结束。

在那一段孤寂清冷的时光里,我畅游于俄罗斯文学浩瀚的海洋中,满脑子都是茂盛的植被——森林、河流、湖泊、马车、雪橇、牧羊犬……我沉迷于露霞和冬妮娅们眼中的冬天,而对现实的世界忽略不计。很快,我的反常姿态惹来一片议论,有人甚至虚构故事,把黑状告到了父亲那里,父亲不问青红皂白,对我施以严厉的责罚……事实上,除了见人爱答不理,我没有伤害任何人任何事物。但在认知偏狭的县城,一个弱者即便只想好好地过自己的生活,也仍然会招来无端的挑剔和空穴来风的非议。记得在当时,我最渴望拥有一套隐身衣,需要时穿上它,可以在不喜欢的人面前消隐不见。

"人活着,要时刻想着与美好的物种相遇。"——如今回忆,我庆幸自己当时的弱者身份,它让我远离人群,远离肤浅的自负与自恋,将身心交给一次次长夜的阅读:窗外北风呼号,大雪纷飞,院子里的枯树结满寒霜;而我偎依炉火,仿佛置身于一座幸福的花园。

经验证明,年龄是个好东西,它让时间的暗礁浮出水面,呈现清晰的纹理。我庆幸,在内心贫穷的土壤,早早地埋下了俄罗斯文学悲悯的种子,以及性格中诗与火的元素。其实在本质上,是早早地与世间高贵的灵魂邂逅相遇,它们弥补了现实的诸多缺损,让我的生命投身于一次洛扎诺夫式的隐居,用毕生精力来完成命定的写作。

如今,像一片缓缓飘落的树叶,在茂密的丛林中,当我独自游荡于清澈的月光下,在仰望星空的刹那间,热爱并宽宥了世间的一切。

游猎者的黄昏

阵雨过后,林中的空气一度凝固了,像置身于一个大蒸笼里。暑气从树根部向上升腾,抱成一团弥漫四周,弄得整个森林都湿漉漉的,分不清是雨水还是露水。拨开丛丛灌木,我的短袖衫和头发被氤氲的气息洇湿,黏在身上有些不舒服,索性脱了下来拎在手中。光线渐暗,在短短的瞬间,我的眼前出现了一片模糊,像罩了一张蛛网,树丛中的小路有些泥泞,金花鼠在脚下不停穿梭。我急于寻找一片空地透口气,就朝天空明亮的地方行走,像一头黑熊那样跌跌撞撞,沾了一头花粉。

走出幽暗的迷宫,一阵光线袭来,我睁大眼睛,顿时被眼前的景象愣住了——平坦的草地上,一幢木板房出现在一片白桦树下,有点像传说中结构简陋的"木刻楞"。木屋外摆放着几只木桶,还有烧水炉、晒衣绳、劈柴桦等生活用具,我还听到了一阵叽叽咕咕的人语伴随着泼咪的水声。目光穿越小白桦林,我看到了白汪汪的一片水在晃。这样的水域,密密麻麻地分布在白山一带,面积大的像小湖泊，小的像我故乡平原上的池塘，而当地人一律将其称之为"水泡子"，它们多半是百年前遗留下的火山坑，是大地肌肤上烫起的一个个"燎泡"。这时，我看到几个戴草帽的人正在岸边忙碌，有一个脸形瘦削的年轻人缓缓拉动渔网，很快把一团毛线似的渔网拉到岸上，只见从网里流出几条活蹦乱跳的白鱼。

我意识到自己冒失地闯入了捕鱼人的幽闭领地，心里顿时泛起一阵忐忑和不安。繁衍在白山一带的捕鱼人，尽管不属于什么秘密范畴，但我听说这些捕鱼人大多是早年狩猎民族的后裔，骨子里还流淌着游牧民族野性的血液。他们的祖先曾经浪迹在高高的兴安岭山林，肩扛猎枪，大碗喝酒，大块吃肉，有过自己的骄傲，豪迈的笑声震荡山林，吓跑豺狼虎豹。自从二十世纪九十年代全面禁猎后，后辈们的生活天地便越发窄小，流落四周，躲在低矮的草屋唉声叹气。族落里最后一位老猎人早已死去，那个在漫漫冬夜里喋喋不休地讲述从前的人没有了——他的坟墓就在林荫深处，被族人用木栅栏围住，并布置了一个小小的祭台。

在广袤的山岭，无论是鄂伦春人还是鄂温克人，曾经的森林领地，早已归还给自然的天空和大地，用他们的话说就是"还给了山神"。如今，捕鱼人的活动区域也在日益减少，划分了季节和禁渔期。这是时代性的变迁，无可辩驳。总有一天，大地上的稀有物种将逐步被人类的法规呵护，细化到给一条野生的鱼和一只昆虫进行分类编号。

我一直对捕猎生活抱有浓郁的好奇，觉得它好玩儿，像做游戏。有一个美好得一塌糊涂的画面反复在梦境中浮现,历历在目:冰天雪地的极寒地带,一位老人乘坐一辆狗拉着的雪橇车,来到结冰的湖畔,用斧头砸开厚厚的冰层,将钓饵探入水中,只需片刻光景即钓上一条又肥又大的鳜鱼,在冰层上打挺。之所以虚构一条鳜鱼而不是鲤鱼或鲢鱼,是因为有一年在松花湖畔,船主请我和友人吃了一次湖中的鳜鱼,鲜美的味道被舌尖记牢。鳜鱼别名"鳌花",曾被唐代诗人张志和作《渔歌子》一诗称赞:"西塞山前白鹭飞,桃花流水鳜鱼肥。青箬笠,绿蓑衣,斜风细雨不须归。"张诗中的渔翁形象,自然是一幅古意丰沛的传统画作,意境中散发庄子的逍遥快活,与我虚拟的雪季老者有所不同。我想象中的捕鱼老人在贝加尔湖湖畔,积雪覆盖的荒野冰河,或在炊烟上升的白山脚下。而且,他每天有节制地工作,只捕捞够吃一顿的鱼就乘雪橇回家,回到他被木柴烘热的林间小屋。

事实上,当走近捕鱼人的生活,才知道无论捕鱼还是狩猎都是十分艰辛甚至危险的劳作。那一天,当我打着赤膊出现在捕鱼人面前时,他们居然没有丝毫惊讶,瘦削的小伙子只是瞟了我一眼,就继续去忙活白天里下在水沟的地笼了。见他们对我没抱戒心和敌意,我放松了许多,便产生了探究一番的想法。我跟在瘦小伙身后,来到一条狭长的水沟旁边,主动帮助他起地笼子,一边套近乎攀谈起来。他果然是鄂伦春人的后裔,名叫白依图,早年他的祖先以猎野猪和驯鹿为营生,到了他这一辈,就只能捕点鱼了。白依图告诉我,他的家族中有三人死于棕熊之手,其中有一位是他的小姑奶奶。鄂伦春习俗讲究辈分,将父亲称阿玛，母亲叫额尼阿，管姑奶奶则称祖姑母。当时的祖姑母还没成年，整天在森林里玩耍，她在采蘑菇回家的路上迷了路，被一头迎面走来的棕熊扑倒，一篮子野蘑菇撒在地上。族人们连她的尸体都没有去找，因为不可能找到。在森林里，这样的血腥事例随时都会发生，猎人一生的全部荣耀，是从捕杀动物的惨叫声中换来的，是命与命的较量——历史的怪圈表明，任何种群的繁衍，都难逃这个宿命般的路线图。

"那是一朵娇嫩的花儿呀。"白依图感慨他早夭的姑奶奶。我跟着嘘唏一番。

"大鱼越来越少了啊，时常忙活一天没捕几条鱼。"白依图的思维是跳跃式的，直接从一百年前拉回现实。

"现在鱼是少了，连下雪天也少了。"我附和道，顺便安慰他。"我听青岛的渔民们说，大海里的鱼都少多了呢！"我告诉白依图，我来自青岛，那是一座海滨城市——我是一名来白山体验生活的作家。

"而且——"白依图表情凝重，吸了吸鼻子，对我的话似乎没听见，也没对我这个外地人感觉好奇。"小鱼小虾就直接放生了，不值得捕捞。"他说。我猜测，这口吻应该和朝着屯子里的人说话一样。

我们就这样前言不搭后语地唠着，一边把地笼里的几条鱼掏饬出来，是几条鲫花鱼，个头不算大。我试图劝他转型做点别的营生，比如去城里开一家餐馆。白依图似乎不为所动，嘴里咕哝了一句："晚了。"一边说着，一边从怀里掏出一把贼亮的尖刀，麻利地豁开一条鱼的肚子。

时隔不久，我听说白依图成亲了，找了个来白山打工的外乡姑娘。族人们依照鄂伦春民族的传统方式，给他们办了个热热闹闹的婚礼。婚礼过后，白依图终于离开了绵延起伏的白山，一路向北，加入了乌苏里江的捕捞队。

在林间住多久合适

山林中的春天比内地要来得晚一个多月甚至更久,转眼到了五月中旬,一早一晚的寒风,却依旧吹动着森林顽强返青的树叶,空气中游动着一缕紫花地丁的苦香味。

半个月前,我从那家森林酒店搬出,来到位于河畔的木屋子居住——河畔木屋的条件比森林酒店差远了,但我想体验一下真正的林间生活,掌握第一手资料,不想贪图安逸。至于在这里住多久合适,完全由我自己说了算。

上午,我从普利什文那里学习怎样完成计划中的工作:喝一杯新煮的热咖啡,找一块阳光充足的空地,趴在树墩上做观察手记,记下几天来的所思,以及林中的发现和变化。下午我沿着河岸行走,用相机拍下各种植物形态,除了乔木和灌木,更多的是贴着地面生长的花草:地锦、忍冬、葛藤、山荞麦等等。

遇到雨天,我便穿上黑皮裤和高筒雨靴,沿着河流走得更远,来到一座古朴的村屯,这个村屯看上去干净整洁,土墙和烟囱,散发古老的农耕气韵。我站在一幢老磨坊前拍照和记录，脚下是大片柔软的草甸，植物刺鼻的气味从那里冒出。

有一天，在迷蒙的雨雾里，听到一阵窸窣声自草甸那端响起，似乎把整个山林都惊起一阵微微的震颤。远远地，我看到一幢草苫遮盖的屋舍，在忽闪的光线里钻出一对男女，有三十来岁吧，像是一对夫妻。男人仅穿一件粗糙的布衫，女人生得雪白而葱嫩，像一只丰满的大水萝卜。她的头上顶着一块雨布，双脚踩在一片软草里。这时候，我听到牲口棚里响起了两声牛的哞叫，像是在催促主人往石槽里添加草料。

但这对□□□□□□牲口棚，而是径直来到磨坊边的一堆干□□□□□□下一小堆干草，然后将雨布铺开□□□□□□的祭台便落成了，一切□□□□□□上摆了三炷香，一碟肉，几□□□□□□人和女人对视片刻，双膝跪倒，我听□□□□□□"大慈大悲的山神，让俺们的木耳、蘑菇、□□米，今年有个好的收成吧！"

接着，是女人在□烈地祷告："各路大仙，让俺快点开怀，生个儿子……"

这古朴的仪式大约进行了十多分钟，天空似乎在有意识地配合这场纯粹的民间祭典，唰唰地打了几道狂欢的闪电，隆隆的春雷滚过天际，在河岸上炸裂开来。顿时，岸上高高的美人松、毛白杨、水杉和岳桦林，在微风里频频垂首，响起哗哗的叶声。

在山林中，类似的事情我还遇到过几起，让我既感觉新鲜有趣,又觉得好笑,内心杂糅着几分复杂的滋味,难以诉诸笔端,比如一些山民迷信"黄大仙",到了规定的日子给大仙们烧香磕头,已经形成东北地区民俗,有人以"出马"为职业,如果你迎着风雪地游走乡里,一不小心就会碰上某个"出马仙"。但不管怎样,山民们对自然图腾的敬畏之心,对土地和这片山林,有一定的建设性和积极意义。

在山林中,一个人的夜晚比较难熬一些:风吹动着硕大的树冠,常常会听到狼的叫声,苍凉而悲壮地滚下山来,夹杂着树声、雨声以及河水泛涨之声,落入木屋中——仿佛大自然集中了它的威力,要把这幢简陋的河畔木屋进行摧毁。

我倒在床榻上,冥思苦索,多半是一些杞人忧天的想法。对往事纠结的回忆像一把忧伤的古琴,在反复弹唱:生与死、对与错、爱与恨、宽容与懊悔,行走或停留……这些在匆忙的城市生活中难以触及与深入的命题。

世界上有些问题,其实是不易追究的,追究多了人会陷入可怕的玄想,星群会从夜空掉落下来,让人疯狂。有一年,是一个静得出奇的夏夜,我与一位诗人朋友坐在黄土高原的沙堆上,曾目睹过星群在天幕悬挂的情形,它们像粒粒宝石,比平时的星星大出几倍,光源充足,照亮整个沃野。它们似乎与我们近在咫尺,伸出手即可摸到它的温度。我的朋友原本是一位血性十足的倔犟汉子,面对这样的情形竟忍不住号啕大哭起来,倒在我的怀中诉说人世的悲伤和委屈。他在事后回忆说当时完全像中了魔一般不能自持。而在经历了那个夏夜之后,他整个人变得温驯起来,有时羞怯得像个姑娘。

究竟是什么让人产生美丽的错觉?接连几夜,那种仿佛置身太空的不真实感又与我一次次神秘遭逢。有一刹那间,突如其来的恐惧紧紧攫住了我的思维系统,脑子里转动着一个念头,那就是如果我睡着了就会在毫无知觉的情况下死去,届时连梦也会被终止。而依照我目前的意志,当然是不想这么早早地死掉。在我的身边,已有太多的事例,比如十几年前有一位朋友突然在一次煤气中毒事件中不再醒来,致使他的诸多抱负都成了泡影。那些宏伟的抱负在十几个小时之前,他还曾向我一遍遍讲述,煽动着我灵魂深处的不安与躁动:著作等身、荣誉、地位、金钱与爱情……而一股强大的外力使这美好的一切变成了残忍的结局,一个人,一张床,被上帝的一个呵欠,轻轻地吹走,像吹走宇宙中的一粒飘尘。

接连几天,为了防止意外事件的发生,我往往会在夜半醒来,睁大眼睛,听着平时爱听的音乐,一遍又一遍。我插紧了门闩,又把窗子打开一条小小的缝隙,为的是既可以防止野物入侵,又不至于让屋内的空气过于窒息缺氧。然而即便如此,在黎明时分,难以抵挡的困意还是降临了,它不由分说,把我按倒在和死亡的情形差不多的床榻上。

每一次从梦中醒来,我都为"还活着"这件事本身而暗自庆幸,为一出门即能看到一堆木柴,上面缀满透明的露珠而惊喜不已。

尽管承受了许多思虑,在林子里也有遇到"邪行"事的可能,但我却没有离开的念头。依照计划,我将在这里住到秋天来临。立秋之后,我打算去呼伦贝尔草原采访。在我看来,森林与草原就像一对孪生姊妹——从森林到草原的距离,只差一条公路。

此刻,仰望巍峨伟岸的山顶,我知道真正的春天乘坐一辆马车来了——谁也阻挡不了她占领大地的脚步。半月前山脚下的积雪早已消失殆尽,冬天里枯死的茅草,在雨水的浸淫中泛出大片鹅黄,四周原本空落寂寥的林间山野,忽然有了灵性:布谷鸟的叫声自远处传来,土壤变得松软,一种名叫"拉拉蛄"的昆虫,开始了最初的活动。这是一种害虫,整整一冬都居住在荞麦田里,吃荞麦苗根部的麦皮,会伤及生长的稼禾。

我知道,当一场雨水过后,泥土中又会冒出一批会飞的昆虫,在空气中发出嗡嗡的鸣叫。青蛇会从蛰伏的洞中钻出来,在道路上留下爬行的印记。

时光太瘦，余生路长

蹚过人生的时光长廊，静拥岁月温柔

青草籽

从天祝草原归来,我的裤腿和袜子上沾了许多星星点点的草籽,我小心地把这些草籽摘下来,数了数,一共三十六颗,全部是金黄色,它们闪耀着古朴的光泽,似乎带有灵性。

我把这三十六颗青草籽放到鼻尖上嗅,一丝微甜的气味迅速进入鼻腔,刺激得眼睛亮了一下,眉头皱了一下。草籽的气味让我瞬间返回天祝草原——先是一轮大月亮照耀美人峰,然后是一朵云栖落在天堂寺的一角瓦檐。

而我努力回忆着这些活蹦乱跳的草籽,是怎么跑到我的裤腿上来的。它们不多不少,刚好三十六颗,这与我人生的某个转折点相关的数字神秘契合。说真的,我有点迷信这个数字。多年以前,沿着这个数字的脉络,我的命运走向改变,如沿着故乡的河流走向凄迷开阔的远方。

我把这三十六颗带有某种暗示的草籽装入一只透明的瓶子里,和一本常读的枕边书放到一起——等同于和我内心最珍视的物事放在一起,一边观察着草籽们在瓶子内的变化。

我听到雨声像急促的鼓点，在天祝草原的上空盘旋飘落，那是命运赶路的声音吗？

那一天，阳光原本很好，把整个草原照得透迤辽阔，青草婆娑不止，草籽叮当作响。我们一群人走着走着，忽然仰头，看到一片黑云从乌鞘岭顶端飞来——起初，大家还以为是一只硕大的苍鹰呢，只见它越飞越低，像一架轰炸机，一眨眼的工夫草原上就扑啦扑啦地落雨了，这是一场毫无准备的雨，一场斩钉截铁没有商量余地的雨。

情急之下，大家急忙躲进了路边牧民的帐篷，牧人一家十分好客，一番忙碌，端上热气腾腾的酥油茶，捧在手里，每人一杯。很快，人们喝上醇香的土酒，吃着煮好的羊羔肉开始唱歌跳舞。几天来，从内地到草原，大家都由一只只羞怯的小绵羊变成了豪放的白牦牛，这是地理环境对人的改变。

雨声密集，砰砰地敲打帐篷，草原上响着鼓声，响着阵阵吵吵嚷嚷的声音，天色渐渐变黑，像一张朦胧的黑白照片。

在热闹中，我悄悄抽离人群，掀开门帘，走出帐篷，外面是阔大的草原，远山和羊群，统统笼罩在淅淅沥沥的雨雾中，雨水也毫不客气地打湿了我的脸、头发和衣服。但我还是能看清周围的景物：遍地的野花，芨芨草高过膝盖，还有车前子和牛蒡。花草们似乎很高兴，张开双臂迎接雨珠的降临，整个草原嘻嘻哈哈地笑了。我在雨中龇龇牙也笑了。紧接着雨停了，然后太阳唰的一下就出来了。

黑漆漆的草原恢复了明亮，一架彩虹出现在两座远山之间，像一个大光圈。我想，跨过这道彩虹门，能看到众神的狂欢么，还是酒徒的盛宴？

帐篷在我的身后，门前不远处，有一只大大的黑铁锅，灶下的木柴快被雨水浇灭了，冒出一缕潮湿的烟。锅灶下，是三只血淋淋的羊头。听人说，天祝草原的牧民嫌拾掇羊头麻烦，索性当废物丢掉，东一只西一只，丢得远远的，留给那些在深夜觅食的野狼。野狼们吃了新鲜的羊头肉，会向牧人的帐篷投去平静的一瞥，目光里的杀气暗淡了许多。万物有灵，再生猛的动物也有温驯的侧面。牧人用这种古老的方式，与野兽保持可控的安全距离。

"羊脸肉很好吃呢，"我心里嘀咕，"在内地，一只羊头卖一百多元。"

但这里是草原，牧民们不稀罕。牧民们稀罕什么呢？人嘛。没错，一年四季，他们难得见到同类，用一生的时间放养牛羊，满眼是一望无际的绿色，耳边响着风声雨声，以及远山呼啸、河流沸腾之声。常常，牧人正在草原深处好好地放羊，一边吹着口哨，暴风雨突如其来，使整个草原陷入骚动，瞬息变成了一片白茫茫的汪洋之海。扔掉皮鞭，无处躲藏的牧民只能抱紧一只老羊抵御恐惧，企图从一只老羊的身上汲取温暖和力量，否则会被冻僵，成为草原上一根直挺挺的木桩。

大自然将牧民的命运置于一场又一场严峻的考验之中，急流险滩或雷电夹击，让他们学会坚韧，在风雨中挺立，然后再迎接上天赐予的丰厚奖赏——肥沃的花野和大地的乳汁。

我早就听说，天祝草原肥得流油，抓一把土放到手里，会闻到浓烈的糌粑香味。

入秋以后，草野渐黄，忙碌了一年的牧民们清闲下来，才会换上新衣，穿戴整齐地串亲访友，带上珍藏的青稞酒和奶酪，从一个藏包到另一个藏包，赶着马车，迎着阳光，载歌载舞。这一刻，草原陷入无边的静谧，大地一片金黄。

秋天，草籽在阳光下饱满成熟，旅人在发光的草原小路行走，会听到周围响起一阵奇怪的"叭叭"声，起初，以为是各种昆虫发出振翅欲飞的响声——从一株草飞向另一株草，草是昆虫永远的故乡。

但当仔细倾听，才发现自己错了，其实呢，是草籽在季节的催促下发生了爆裂。

爆裂后的草籽被阵风吹向天空，尾随着云朵低低飞翔，像夜空的彩弹，全面盛开，最终羽毛般落入草原广袤的泥土，被土质的颗粒掩埋，又经过季节的发酵，躲过马蹄的践踏和群鸟的追踪，化为来年春天的一簇簇新草。

草籽是整个草原的精魂，只有牧人才能听得懂它在深夜爆响的含义。

大露珠

不等太阳出来,一滴大颗粒的露珠便翻转身体,早早地出现在草芒上——在它的身后,紧跟着一串小颗粒的露珠,排列整齐,个个玲珑剔透,叮咚作响,把整个草原从酣睡中摇醒,及时发布一些有关节气、时令和日光的信息。

很久以前,因为草原上的露珠通体透明而无杂质,人们便传说它是布道神灵的化身,其真实身份是一位无所不晓的仙者,上知天文,下通地理。它乘一朵七彩云下凡,降落在一片开花的荞麦地,潜伏在荞麦花蕊中住了几天,露珠通过荞麦吸饱了天地的精气,而后缓缓进入更广阔的草原深处。在草原上搭起帐篷,白天向迷路的行人布施导航,夜晚降落在草尖上遁形为露。

它有水的外形,光的灵魂,诗人的激情顽皮和哲学家的安详内敛;它比灶膛里的柴草更加无私,纯粹到随时可以彻底消失,不留下一点灰烬,这是一滴露传达给人类最宝贵的品质。

在它的身边,是牧民的马匹,羊群和一辆木轮车;夕阳西下，苍凉的藏歌自远山飘荡，而露珠隐藏在空气里，人们感受不到它的存在。露珠用灵性四射的目光望着草原上一年四季的变化，日出日落，大雨倾盆，洪水滚滚，植物的生长和动物的繁衍，以及牧民在草丛中度过的光阴，孤寂里的悲欢，失落中的收获。

事实上，一滴露珠完美地充当了牧民生活的参与者和记录者，像人类的各种劳作一样，它们每天早早醒来，开始一天的忙碌，从一片草叶到另一片草叶，从一座野岭到另一座野岭，露珠扇动着一双小小的翅膀飞翔，可真够辛苦。它们记下羊在草原上的第一声咩叫，记下阳光洒在草尖上的瞬间，记下寒夜里炭火燃烧的时间，炉子上的水沸腾的温度。

——我想起小时候，在故乡村头的篱笆上，从一根牵牛花藤的叶子上发现一滴大颗粒的露珠，它通体闪光，远远地吸引着我和伙伴们的眼球，我们放下割草的镰刀，小心翼翼地走近，但又生怕惊动了它，以至于在用手触摸它的时候心惊肉跳，屏住了呼吸。然而，当我们打算将它从草叶上取下来时，它奇怪地滴落在水塘里，似乎发出一声巨大的响动，迅速遁入水的宁静，一圈涟漪迅疾消失。而恰恰在这一瞬间，它点燃了美，启发了美——露珠用自己的消失给每一位乡村儿童上了平生第一节美学课。

像春天的麦地被惊雷唤醒，它用牺牲的代价给予天真的乡村儿童最早的启蒙教育：让他们早早懂得，人活一世，除了骨骼，还须拥有一颗柔软之心，因为世界上暴戾的人太多，人类眼下的生活太苟且太粗糙了。而在它消失的地方，神奇地出现了一只天牛和一只蝈蝈，它们喝饱了露珠，正惬意地抖动两根胡须。

自那以后，我们知道露珠是天下昆虫的乳娘。

当然，内心柔软的露并非没有锋芒和性格，它有石头般坚硬的原则，在遇到不公和欺辱时，它会不顾一切地维护大地上日渐稀少的公正。平日里，露珠是个极护犊子的乳娘，它见不得强者欺负弱小，比如在它看到某一头牦牛欺负一只羊的时候，就会果断出手，给牛屁股和阴囊部位致命的一击，这股力量是极其强大的。牛被一股突如其来的袭击打蒙了，受了惊吓，迅速发出一声哞叫，撒开四蹄在草原上狂奔起来。一路上，被牛踢落的所有的露珠都在瞬间变成了无数锋利的小刀，寒光一闪，把它的腿伤得血肉模糊。终于，它跑不动了，倒在草地上大口喘气。

在天祝草原，一只牦牛受了伤是一件了不得的大事情。因为，这里是白牦牛唯一生活的地方——如果你在别处看到了一只白牦牛，那一定是从天祝草原上出生，养大后找了婆家，嫁到了更远更高的草原地带——比如青海或西藏；如果是一只公牦牛，那一定是到远方走亲戚去了，乘坐一辆马车，穿越茫茫草原和祁连山白色的雪线，去看望它们的舅舅和外祖母。

依照世俗的层面来看，白牦牛浑身都是宝哩！肉可以食用，做成牛肉干和牛排，牛毛可以加工毛绒毯和围巾，牛皮可以制作皮衣和靴子——牧民们在新年时穿上皮衣，脚穿一只大皮靴子，"咔吃咔吃"地走在雪地上的样子，是相当威风的。至于白牦牛奶，是牛奶中的极品，营养价值丰富不说，口感更加香甜。剩下的是牦牛的角、骨头和牛蹄，它们稀有珍贵，可以做成梳子、乐器、佛珠等等与当地人的生活密切相关的物什。

在天祝草原，人们精心饲养着这些能给他们带来金钱财富的牲口，除了青草，还喂它们盐巴之类，以便让它们在成长的过程中不出毛病，不缺乏维生素之类的营养，顺顺利利地长得膘肥体壮。

为了把一群白牦牛养大，牧民可谓煞费苦心，夏天宁肯自己忍受在大太阳下暴晒，也要把牦牛赶到有山坡的阴凉处放养，因为牦牛怕热——这一号称"高原之舟"的特殊物种，远远看上去，它们矗立高原刺骨的冷风里，排列整齐，像一个个披着斗篷的斗士，狙击手般不可一世，舍我其谁。

然而，在这个如火如荼的秋天，整个草原上都知道有一只凶猛的牦牛受伤了，人们在相互传递这个消息，连深草丛中的野兔、黄鼠狼、蜥蜴和小蚱蜢都在议论这件事。

只有草尖上的露珠知道是怎么一回事儿，它像个做了错事的孩子，蹲伏在草丛间默不作声。

人们无论如何不会想到，是这滴柔软的露珠，把气吞山河的牦牛咬了一口——这是一向自负的牦牛终生记取的教训和疼。自此，它与草原上的万物击掌、拥抱、欢呼、干杯——达成了和解……

草尖上的信使

在天祝草原,流传着一个很广泛的说法:蜘蛛是上天派来的信使。蜘蛛有大小之分,颜色也分黑红黄白等多种。据说,它们有明确的分工——黑蜘蛛负责结网,守株待兔般捕食闯入网中的猎物,飞虫、豆娘或者一只小蜜蜂——按照法布尔的说法:"蜘蛛什么时候出来攻击猎物,完全要看网什么时候振动。"由此可见,长期以来,蜘蛛们已经积累了丰富的捕食经验,它们在地球上生存下去应该不成问题。

而为人类充当信使的,则是一种体形灵巧的小蜘蛛,通体为红颜色,由于它们摆脱了网络的束缚,可以在天地间自由驰骋,上天入地,轻盈灵动,只需沿着一根闪闪发亮的细线攀援上升,就可踏上喜讯的天梯。其实,它传达信息的方式并无特别之处,从来不事声张,甚至悄无声息地进行,不刻意制造出半点动静——只要你的目光接触到它,它就算完成了使命。一旦一桩喜讯被传达完成,它会很快消失,继续向远方的人们接力式传递,仿佛它身上携带了上天的密札。可以说,在整个天祝草原,从早到晚,蜘蛛是最忙碌的一位，每天都忙得"大汗淋漓"，乐不可支。

它提前传递的信息，准确率几乎达到百分之百，完全是在沉默的语境下完成一项繁重的工作。

恰恰相反，那些有声音的生物反而不是真正的信使，比如在树杈上日夜嘶叫的金蝉，一天到晚"知了知了"地聒噪，广告做得轰轰烈烈，摆出一副天下大事全知尽知的阵势，事后验证，它其实什么都不知道，只配让人当野味烧烤了吃掉。

犹记得遥远的夏天，在我的故乡鲁西平原，当天空下过一场小雨之后，余晖映照黄昏幽暗的树林，便三三两两地聚满了捉蝉的孩子们，他们手拿搪瓷缸和一把小铁铲，把隐藏地下或爬到树上的金蝉捉到缸子里，每晚都有所斩获。当时，日子贫苦，金蝉是乡村餐桌上的一道美食。这种肉质味道纯正的昆虫，曾被我在作品中多次提及，因为它的存在，让我的童年有了一份收获捕捉的别样体验，幸福而欣悦。当捉了满满一缸子蝉虫回家，那一晚会兴奋得难以入眠，望着窗外的月亮发呆，直到困意彻底袭来。成年后我去了远方，才知道异乡的人们多半不知道这道美味，面对餐桌上的一盘油炸金蝉，他们迟疑不决甚至拒绝下箸，有人甚至呈现一脸错愕之状。见此情景，我忍不住在心里滚过一阵窃喜，义不容辞地把一盘金蝉揽在眼前独食，脑海里顿时幻化出故乡的模样：雨后，荒僻的乡野，池塘或林间空地，一群饥饿的孩子在寻觅……多年之后，我知道一只蝉卵要度过三年炼狱般的地下孕育，然后穿越黑暗钻出地表，蜕变后它们吸树汁为食，开始在树枝上的独唱，直到夏天结束后,它们在树枝上死去,变成一只干枯的黑色标本,连透明的羽翅也枯烂半边。

较之蜘蛛,蝉虫空有一双可以在天空翱翔的羽翼,智力和情商都堪称低能,日夜无规律任性的鼓噪也让人由最初的新鲜感转变为讨嫌感,真是白白浪费了一副上天赐予的好嗓音——这一点,它们应该向蝈蝈取经学习,低调适度地歌吟,有分寸感地接近人类,顺利完成在人世间的使命,秋后安然入葬,在草丛筑起墓园。

望着餐桌瓷盘里焦黄的油炸金蝉,我时常作如是遐想:难道在地下修炼的三年,那黑暗中度过的时光,就这么白白地浪费了么?没有答案,只有窗棂上的星星眨着诡奇的眼。这让我联想到如鱼龙混杂的人间,岁月与苦难会锻造一批勇者和智者,让他们将过往的苦难转化成智慧,但我们往往失望地发现一个不争的事实:如此出类拔萃的生命是多么稀有啊!它不但需要非凡的毅力与艰苦的等待,还需要学会对内心柔软部位的极度保护——像一只池塘中的莲藕守身如玉,从污泥中安然抽身。因此,在严酷的现实生活中,我们看到更多的鲜活案例,是那些被苦难挤压变形扭曲的灵魂:许多人历经沧桑,却身躯佝偻前行,目光混浊错乱游移,已经找不到思维的方向。面对一炉上好的钢水,冶炼冷却之后,呈现给世界的竟是一堆废渣。

剩下的时光,只有被动地等上帝取走,连同那未经转化成财富和经验的一笔苦难。这何其悲哀。

而天祝草原上的蜘蛛就不同了,它们的目标精准而果敢,毫不犹豫毫不迟疑。此刻,它正以飞快的速度穿越草尖、风雨、光芒、云雾和露——据不完全统计，一只蜘蛛在一年中传达的信息多达四五百条，这在当下"信息创造价值"的时代，蜘蛛对草原及其牧民的贡献不可低估，它以辛苦的奔走换来草原开花结穗的丰饶。

截至目前，对于蜘蛛的工作，如果让我提一点不足，尚需改进之处，那就是建议其在报喜的同时，尽快增加报忧的项目。因为在偌大的草原上，防范天灾和野兽的侵扰依然十分严峻和重要。

现实的日子里，我本人经常与一只小小的蜘蛛狭路相逢，它有让人瞬间转忧为喜的超强本领。往往，它的出现奇怪而蹊跷，充满了命运神秘的暗示和小小的仪式感，比如它会莫名其妙地出现在一本正在翻开的书页里——这给人造成一个强烈的错觉，仿佛它在提前知晓了你要打开这一本书，而它藏匿其中守候你手指的触摸已经很久；再比如它会突然出现在你的手掌上，仿佛从天而降，施展一出迷人的幻术，在你的手背上留下一丝微痒；更多的时候，它出现在书案上、电脑屏幕、炉火边，以及野外散步的路上，池塘的灌木枝上、野荆芥上……每当我的目光与这小小的灵物相遇，我都会对之报以友好的一笑，双手合十，默念"阿弥陀佛"，然后让它在我久久的注目礼中远遁消失。

芦花瑟瑟，秋野茫茫。

望着它的影子消失之后，而我呆愣原地不动，脑海里幻化出硕大幽蓝的一块天幕，上面镶嵌着一张大大的蛛网，网上演绎的是宇宙间另一维度的游戏，网线细致明亮，经纬纵横交织，关系错综复杂，隐藏着神灵亲手设计的谜语。

天堂寺的白云

在天堂寺屋顶的右上方,栖落着一团静止不动的白云,说比棉花白有点俗,用雪来比喻已够不上级别——最后,我找了一个饶舌的说法:"白的没有杂质,像白本身。"

据我在旅途中偶遇的藏族诗人央金介绍:"这朵白云在天堂寺上方挂着,一千多年了。"这是我头一次听到有人如此表述一朵云,好像这朵云自唐朝起就停留在那里,成为天堂寺变迁的见证。央金是当地小有名气的诗人,我想这是诗人才有的想象。但她表情认真,语气平静,说一朵云像说自家的亲戚。

一路上,她向我讲述天祝的风物,历史和人文;讲述她在松山古城度过的童年岁月:夜晚,土墙上空有一轮明晃晃的月亮,把荒凉的古城照得通明,芨芨草的芒穗闪闪发亮,蛐蛐在寒夜深处悲鸣,伴随着古城内稀奇古怪的声音——年幼的她,时常在夜半听到阵阵厮杀声,那是古城兵士训练场上的声音,随大漠的风自宋代传来,在古城上空萦绕,这是历史苍凉的回音。除了芨芨草,我在古城内看到的,还有散落破败的土屋子,从木栏羊圈散发的阵阵羊粪味。央金说,古城上空的月亮都被羊粪熏得摇摇晃晃,像喝醉了酒,泼洒下来的月光都是块状物。

小时候,她经常跟随父亲到天堂寺朝拜。从古城出发,需要起个大早,因为去天堂寺的路好远,要穿越一片草原和大片火红的藜麦地,越过一座土疙瘩似的山丘,踩响遍地的石头,再走几十里乡路,直到眼前出现汹涌澎湃的大通河,站在古老的桥头歇下脚,抬头看一眼,远处就是矗立在白云中的天堂寺了。

每每看到天堂寺浮动在云霞里的影子,寺瓦镶着庄严明亮的金边,父亲便长长地嘘出一口气,摸摸心口窝,嘴里念念有词,拉起她的手到大通河里沐面净手,把吹拂了一路风尘的小脸蛋洗干净,再去朝拜天堂寺。

在她的印象中,天堂寺里始终涌动前来朝拜的信众,他们手摇经筒,磕着长头,或泪流满面。奇怪的是,他们经过一番朝拜后,似乎转忧为喜,一切生活中的不如意都得到化解,一脸轻松地走了——一批人走了,又有新的一批人来……年年,月月,日复一日,络绎不绝。

信众们经过一番朝拜和祈祷,卸下心里淤积的悲苦,现实日子的重负与琐碎,像河流疏通了血管,恢复了流畅的通道。

自那时起,年幼的央金就发现了天堂寺右上方的一角,始终浮动着一朵静止不动的白云,远看像莲花,近观像拂尘。当然,刮风下雨时它是隐去的,人们用肉眼看不到它,但只要天晴了太阳一出,它就霎时悬挂在天空，耀眼而夺目，照亮了天堂寺的周围。在信众们眼里，这朵云是佛的住所，或者就是佛本身。有了天堂寺那天起，云就在这里了，用神灵的眼睛注视着天堂寺，那些身着紫红色袈裟的僧人，来来往往的信众与香客，寺院内一株生长了五百余年的紫檀树，叶片上滚动的雨滴和觅食的飞鸟。

在天堂寺，僧人的日子是清苦的，他们每天早早起床，先是把寺院打扫得干干净净，然后开始一天的诵经功课，手不释卷，盘腿打坐，坐成一幅唐卡。他们时常一日吃两餐，钵里是没有一滴油腥的饭菜，并且与故乡彻底告别，与生养的父母不再来往，终生伺奉佛事，直至最终在寺院实现圆寂。

当地人说：如果天堂太远，就去天堂寺吧。

而央金对我说，比较之下，她不是个虔诚的信众，甚至连居士都谈不上，因为她还牵挂着俗世里的一切，在心里丝丝缕缕的怎么也割不断，即便是在朝拜时，眼前还晃动着她养育的羊群和牦牛，预期中今年的收成和来年的规划，以及古城内削了一茬的芨芨草穗和刺碱蓬，临行前晾晒在绳子上的棉被，还有她新构思的一首没有写完的诗……瞧，她有太多世俗的眷恋与羁绊，怎么能做一个虔诚的信众呢。

一年一度秋风至，马车在草原的寒露下穿梭，半个车轮又陷在泥水里。牧人们一边歌唱，一边开始忙碌的收割与挖掘。而央金又行走在空旷的原野上，去天堂寺，给一朵圣洁的云献上雪白的哈达。

她之所以每月都来朝拜天堂寺,就是想看一眼天堂寺右上角的白云朵,让目光与这朵云接通。云知晓人世间的一切,能够扫净她内心的蒙尘。

羊的往事

雨后的青草随风起舞,洁白的羊群像从天空落下的云朵。而在羊群经过的地方,乌拉盖草原上开花的小路渐次闪开,一直通往土色的村庄。一个个伫立在草场上的草垛,像一幅美丽的俄罗斯风景画。入冬以后,大雪覆盖了所有的事物,草垛上麻雀喧闹,黑狗撒欢。这时,某一户人家的栅门咿呀而开,从里面走出一位脸蛋红红的少女,头巾也是红的,她踩着咔吃咔吃的积雪走向草垛,从上面搂下一抱青草,青草已经干透了,但芬芳的气味却留下来。

她抱了青草正是为了喂羊。此刻,羊们已经被关在圈里了,羊毛已经被剪过两茬,有一次拿到集市上卖了,有一次是给巴音爷爷续了棉袄。巴音爷爷穿着它,到草场尽头的小屋里与人饮酒下棋,享受着冬闲的自在。而她喂饱了羊,又到纺车前纺线,到茶炊前做奶茶,直到天色渐暗,雪地在村子四周闪着白光,妈妈催她睡觉,说明天还要早起,到草里翻捡遗落的土豆。她却说羊还在叫,羊不睡,我也睡不着哩。雪住了,我出去看看,天上出月亮了没有……她出门去，踩了一脚泥，来到羊圈，抱住小羊亲个不停。

许多年过去了，这个遥远的像空气一样缥缈的画面，为什么仍固执地不肯在记忆中消失？这是我对乌拉盖的记忆。积雪茫茫，月光浩荡。我描述的这个蒙古族女孩名叫灯芭，全名娜仁其其格·灯芭，是我的一个拜把妹妹。在我八岁时离开草原之前，她突然害了一场大病，当年春天就死去了。由于她对羊的喜爱之深，草原上的人们在安葬她时特意扎了两只纸羊陪她。那一天，她养的十五只羊悲鸣大作，人们听了，泪流如注。如果灯芭妹妹活到今天，一定会拥有一个属于自己的牧场，她是我今生遇到的真正热爱羊类的人。羊算是动物中最温驯的，只吃些不值钱的青草，却仍然长出可以换钱的羊毛，如果哪个产妇奶水不足，羊便是那孩子的奶妈了。据说，灯芭妹妹就是喝了羊奶才成活的，她懂事很早，大概在心里把羊看成了自己的母亲一样。那时候，即便日子再贫穷，长年吃不上肉末末，人们也不会轻易杀生。

离开草原后我回到了位于鲁西平原的故乡沙河镇，和爷爷住在一个名叫沙黄金的村庄里。可是我的心，却日日夜夜地惦念着乌拉盖草原。

那时候，再贫穷的乡村家家都会养几只羊的，人们养羊的目的也比较淳朴，因为羊比较好养活，只是平原上的羊和乌拉盖草原上的羊大不相同，像两个物种。我小时候，沙黄金村里的人很少吃羊肉，可能是吃不习惯吧，偶尔在过年时吃上一次，也觉得羊肉膻气，吃不来这个味道。沙黄金的人过日子精细，鸡用来下蛋，牛用来耕田，驴用来拉磨，马用来拉车，羊用来剪羊毛做毯子和围巾。

远不像现在，一年四季，人们爱钻火锅店，眼看着人们的胃口越吊越高，好像什么戒律都一一破除，终于吃得没了底线。

我本人是在二十多岁后才开始吃羊肉的，在此之前，一概拒绝。结果有一年，一位同事请我到他家喝了一次羊汤，自此把我拉下了水。每吃一次羊肉，我都觉得又犯罪了一次，发誓不再吃了，但这样的发誓像某人戒烟一样可笑。作家阿城曾描述过一个细节：每当他看到满载着羊的货车自内蒙开来，都会犯心绞痛，觉得羊十分无辜。但他本人恰恰最爱食羊肉，并熟悉羊肉的烹饪技术和各种吃法。

造物主不公，羊不像鹿一样住在深山老林躲避人类的视线，羊不像大熊猫一样稀有享受保护待遇，羊不像狗一样守门护院摇尾乞怜，羊也不像狐狸一样狡猾洞悉人性。羊昼行草野夜归圈栏，目标太大，这是羊的命运与局限。

冬天，大雪封门，羊却不能安睡片刻。当人类面对这种善良可爱的动物时，确应自省人性的罪孽与丑陋。今天，在月光照耀的乌拉盖，我又听到羊群咩咩的叫声，它们在炊烟中弥漫的草场上游荡，引领我迷蒙的双眼找到泉水、找到牧人的帐篷，却再也找不到我的灯芭妹妹的坟墓。

雪夜温暖

那时候的乌拉盖,刮风天特别多,大雪一下就是几天几夜,牧民们都躲在土屋里,听草原的动静。

到处都黑黑的,毡门开了,闪过一道光线,事后知道它来自墙壁上的马灯,被一根火柴点燃,渐渐地开成一朵灯花,把整个屋子映得灰黄。听得见声音,是类似于从鼻息间发出的喊喳声,有人嘀咕:"嘀,出来了,是个带把儿的小家伙。"

仿佛一阵窸窣的欢喜掠过,喜气像一只小地鼠,透过毡门钻出去,丝丝缕缕地,屋子外便也有了声音,原来院子里木桩一样站着的,不是一两个人,而是一群人。还有家畜,在跟着骚动,牛在反刍,驴抖了抖蹄子,马喷了喷响鼻,狗伸了伸舌头,而羊群,依然在木栏内假寐。

那时草原上的人们,淳朴像一株株草。这就是对一个孩子的出生,最隆重的迎接。不一会儿,在这家的门前便挑一根木杆,悬挂一块红布和一盏灯笼,这是向过路的牧人报喜。

风雪在土屋上空打转，屋顶覆满白色的雪，把寒夜的草原映得更黑，更辽阔。有一阵天居然放晴了，几粒隐约的星子出现在静谧的天幕，风一吹，就会落下一颗流星，落到黑里，再也无法打捞。有谁知道流星的去向？多年后人们知道，它们全落在了一个黑黑的时辰，像梦一样幽深。而牧民们的眼睛是奇亮的，从小就习惯了在黑夜里劳作，反正草原就是一张大毯子，闭着眼睛也撞不到墙上。

从土屋走出一个头戴狗皮帽子的人，他步履蹒跚地沿着屋后的粪坑，到结冰的乌拉河给刚出生的小孙子捕鱼。他已经上了年岁，胡子都白了，身上还背着草篓和鱼叉。路当然是不好走，到处黑咕隆咚呀，牧民们说，再亮的眼睛也有没电的时候。雪在脚下发出声音，把路全覆盖了，但他幸福的样子，像醉酒的汉子一样全身荡漾，脚底绵软，仿佛一不小心就会从大地上漂走。他一边走一边自言自语："嗯，老天有眼呐……"其实，如果老天有眼，就该给点亮光，或者把雪停下，当然，如果再给点食物就更好了。但现在什么也没有，眼前一片寒冷与空茫，隐约可见远处的乌拉河，和一些零乱的动物足印。

雪越来越大，马蹄印大的雪把整个草原压扁。荒凉空旷，草垛傻瓜一样伫立，地窖也只露一只黑幽幽的洞口。野兔们躲在草窝里一动不动，寒冷让所有的生灵都屏住了呼吸，保存着微弱的热量。而他的胸膛几乎赤裸，破旧的棉袍已经开花，衣领向外翻露，花白胡子上结下一串冰凌，风一吹仿佛就会发出一阵悦耳的叮叮咚咚的歌唱——谁说风不是一场上天精心组织的典礼。

那些在秋天割下来的燕麦、大蓟草和野麻，本来都晒得枯黄，无规则地垛在草场上，如今都被雪遮盖住了，变成了一朵朵大蘑菇；那些秋天时还在草里蹿动的金花鼠，在马车下振翅飞起的蚂蚱和飞鸟，也都躲在了季节的深处。原本丰饶的草原，被冬天的一场雪打蔫，没了一丝活气。只有他的脚步在磕磕绊绊地朝乌拉河的方向走，他似乎听到地下蠡斯、蟋蟀、蝼蛄、蝈蝈们的声音，自靴子里冒出来。应该说，他是整个乌拉盖草原上最有生存经验的人，早年曾经做过大兴安岭的伐木人，还乡后做过马车夫，身怀泥瓦匠、木工活、搂草、捕鱼、扎风筝、熬萝卜糖等各种绝技——他因此受到牧民们的拥戴，尤其是那些淘气的孩子们，总是像鸟儿一样围绕着他叽叽喳喳，揪他的胡子，捂他的眼睛，或者坐在他的腿上。如今，他虽然年岁已高，脑袋反应大不如前，但他却在生死面前从来不犯糊涂。近些年他的老伙计陆续走了：烟贩子巴图死在那达慕节的次日，酒鬼海力罕倒在了一场喜宴上，击鼓手宝音被一口风呛死。他们活着时都曾经是草原上有名的硬汉，但太不爱惜自己了，是生生地把自己作死的。

他肩膀上搭着一条沉重的渔网，棉袍里揣着一壶套马杆老烧酒，在棉裤腰里，还塞了两块劈柴，而这些准备，都是为了应对突如其来的状况，如天降温啦，刮风暴啦，踩沼泽啦，遇狼群啦等等。尽管他心里清楚，自己也离那个最后的日子不远了。那个日子像一只铁夹子，只等他把双脚踏上去。

而且，他更清楚一件要命的事实：每年冬天的乌拉河，都要索取草原上的几条人命,有的人踌躇满志到河边捕鱼,非但没网上一条鱼,却被冰窟窿吞噬,成了鱼们的大餐。

　　此刻,这个聪明的草原老牧民来到了乌拉河边,用一把斧头砸开了冰层,在撒网的刹那,他回头望了望远处土屋上空的灯笼和挂了红布的毡门。

草原上的懒人

那一年冬天,乌拉盖标志着时代特征的电线杆被大风吹歪了,斜插在冻土里,一只麻雀的尸体倒在电线杆下。没法想象,一只飞得好好的麻雀,是如何被疾风生硬地拉回来,在空中留下一道弧线。

每逢刮风的天气,草原上的早晨就似乎要延长一段时间,如果没有要紧的事情,人们都躲在土房子里睡懒觉。天空灰蒙蒙的,晒干的碎草在地上乱飞,好像鬼魂附在了草上——我见过一群人手持木草叉追赶一团草的情景。一团紧紧抱在一起的草,七八个牧民也追不上。草能系住许多东西,比如把月光系住,把呜咽的马头琴声系住,把某一对小情侣的心系住。后来,乌拉盖著名的懒人罗布桑来了,用麻布沾上羊油点着火,高举火把朝那团草扑去,瞬间就把草点燃了,草顿时变成了一个大火球,却仍然在空中飞翔了十几米远,最终化成了灰散落在地。

但终于有某一位勤快的老牧民率先出门了。他走到院子里,抬头望一眼天空,故意咳嗽两声,给自己壮壮胆。

然后吱呀一声拉开柴门，嘴里咕哝着什么，他来到了街上。很快，龟缩在土屋里的人们听到了他那苍老、沙哑、令人惊惧的骇叫……

一些房子倒塌了。那是一些老房子，平时在墙角被一根木头支撑着才没有倒下。在整个乌拉盖，木柴需要到遥远的山里去采集，走老远的路，用马车运回草原。木头除了盖房子用，还做衣柜和风箱，家家户户都惜木如金，准备了一根木梁放在院内，是为了应对不时之需，比如支撑即将倒塌的土房子。

这家人懒，邻居见了，每每都要劝他尽早翻修一下，而懒惰的主人却一直将就住着，说春天再翻盖吧，春天里暖和。或者说，大冷的天，瓦匠不好找啊，过些日子再说吧。

"嗯，过些日子再说……"一边低了头，咝咝地喝着碗里的奶茶。邻人觉得已经尽到了提醒的义务，也就不再多管了。

而仅仅过去不到十天的光景，眼下的一场疾风，让这个懒人臆想中的春天永远变成了泡影。全家五口，全部被埋进了废墟之中。这家人最小的女儿叫乌木其格，是乌拉盖最漂亮的女孩之一，也未能幸免。

只剩下一条黑花狗，在半边土墙下，呜呜地撕咬一只开裂的靰鞡草鞋。不久，这条失去主人的狗加入了自荒野流浪而来的野狼群，每晚在乌拉河岸上嚎叫，眼睛血红，声音里充满悲伤与杀气。

那时候，草原上的懒人似乎特别的多，除了上面所说的罗布桑之外，还有个绰号叫"乌鼹鼠"的懒人，据说都已经懒到从不与人搭话的程度了,当别人问他话时,他只是点头或者摇头算是回应,一天到晚就知道噙一根旱烟杆吸烟。我的爷爷很瞧不起他——我爷爷原来是个闯关东的逃荒客,因为要做贩马生意才来到了乌拉盖草原,正因为他的流浪生涯,让我的童年里多了一段宝贵的草原记忆。

我当时只有六七岁,从故乡鲁西平原来到陌生的乌拉盖,一开始满眼都是新奇,但很快就厌倦了,因为乌拉盖除了草和牛羊马匹,到处都光秃秃的,一年四季都在刮风。

奇怪的是,乌鼹鼠爷爷对我很好。有一次,我在村子里遇到了他,他把我领到了他的蒙古包,从一个破衣柜上拿下一卷纸来,小心地在红木几上铺开,露出一只画眉鸟的素描,圆圆的美目,在梭梭草枝上欢唱。今天回忆起来,那只鸟儿的形象仍然十分生动,呼之欲出。

他完全不把我当成孩子,用征询的口吻问:"咋样么?"我说:"好看。"

他匆匆地卷了画稿,说:"等一下,再让你看一幅……"

然而,不等他向我再次展示杰作,出于内心的某种恐惧,趁他翻箱倒柜的工夫,我竟悄悄地溜出了他的蒙古包。他的包里清冷寂寞,散发一种古怪的气息,令我的脊梁骨上爬满了毛虫。回家后我把这件事说给了爷爷,爷爷愣了半天:"乌鼹鼠会画鸟儿?"然后,眼神里流露出明显的鄙夷和疑问。

在我们全家人离开乌拉盖的第二年,这个神秘的草原文化人死于一场冰雹的侵袭。据灯芭的阿布(父亲)苏合大叔来信说,乌鼹鼠正在夏天空荡的草原小路上行走,转瞬间天空乌云密布,暴雨如注。突如其来的冰雹呼啸着扑向大地,其中一颗一斤半重的冰雹,击中了他的头颅,人们发现他时已经晚了。

星光闪闪的道路

去阿尔山的路途遥远而开阔，大地的曲线呈扇形撞击视野，逶迤展开。黑土地，燕麦田，被收割后捆扎在一起的金色麦草，孤独的葵花秆，那条名叫"哈拉哈"的河流，一如既往地流淌。

转眼间，哈拉哈河凝聚成无数个镜子样清澈的积水潭，在阳光下闪闪发亮，把云朵和白桦树的姿影拉入怀中。

大片的落叶松丛林，林中孤独的木屋，延伸的小火车道，都定格成一幅幅列维坦的风景油画——这是真正的风景，是流动着的生命之力，野鹿般跳跃在眼眸中。而缓慢行进的客车，在秋野的色块聚集的荒野上显得如此渺小，像一只惊慌失措的小甲虫。

我坐在大客车内，全无长途颠簸的倦意，耳边不时响起群体性惊呼。这是人们对大地之美的由衷惊叹，一种情不自禁的张开与绽放。而在此之前，如此艺术化的地貌我只在电影作品中领略过，当它真实呈现在眼底时，我不由产生了深深的怀疑：眼前的画面，太不真实，像从亚麻布上移植下来一般。尤其让人吃惊的是，此前，我并不知道这些风景的慷慨呈现，这一切的到来，仿佛一场没有预约的邂逅。热情的导游也未提供任何资料，因此，我的心理上没有预期的准备。而我此行的目的，不过是因为一个普通平常的会议。像世界上所有的会议一样，它开得隆重热烈，议程流畅，按部就班。在两天的会议结束之后，谁都不会想到，会有一个莫大的惊喜迎接我们。昨天的晚宴上，会议组织者突然宣布："明天去阿尔山。"

对于阿尔山，我一无所知，甚至是头一次听到这个地域名称。不知怎的，这个地名让我联想到梵高，他的阿尔和他的麦田，麦田上乌鸦翔集，星光璀璨。

风吹草野，一望无际，起伏的麦浪迸射生命的活力与激情。他高举向日葵，跌跌撞撞地奔走呼号——向生活要面包！要世界要尊严！向人间要善意！向女人要爱情！

这就是那个饥寒交迫的梵高，这就是那个不可复制的灵魂。

而事实上，阿尔山不过是个北国边陲小城，映入眼帘的是幢幢童话般的建筑，蘑菇形状的屋顶，戴着一顶尖尖的红帽子，置身其中，更容易让人联想到著名的丹麦人安徒生。

阿尔山人烟稀少，城内不过四五千人，夜晚行至街上，你几乎看不到行人，出售奶酪的小店铺内，灰暗的灯光下，独坐一位老妇人，目光幽幽，令人不知所措。这里的居民，每年种植两季燕麦，基本以旅游业为生。这里的居民，在冬天劈下成堆的木柴，在屋后挖下深深的地窖，储存果实与蔬菜。冬天,河流枯竭,大地结冰,悬崖默默竖立,大风呼呼地吹响了整个森林,森林里响起远古的回音。

他们打野兔子下酒,在月光下追赶漫山遍野的狍子和野羊,让屋顶冒出香味的炊烟。方圆百里,不见一个人影,居民们全靠这一缕缕彼此纠缠的炊烟传递力量和温暖。

当一场大雪降落之后,要用半年的时间才能融化。——我无法想象积雪融化的情景,长长的冰挂,从云杉上滴下世间最晶莹的水珠,融入河流。

到处是湖泊的倒影和亭亭玉立的白桦;到处是巍峨的野岭,赭红色的火山岩。传说中的黑土地,竟然黑如墨炭,抓一把在手里,留有肥沃的油脂,满手散发松树的香气。燕麦田上,是一个个热气蒸腾的燕麦垛,包头巾的妇女,正弓身收拾刈倒的麦茬。

在山脚下,我与一个年轻的护林员攀谈:"守着这么美的风景,生活一定很有趣吧?"

我有意回避了习惯性的"幸福"用语,我认为"有趣"才是一个人生机勃勃的生活状态,与之对应的境况是"无聊"。而"幸福",早已被世人滥用和贬值,变成了一个模棱两可的概念。

他笑了笑:"就是太寂寞了,一年到头,难得见几个人。"

他告诉我说,森林中的日子是迷人的,也是清苦的;他的爱人,在大兴安岭的另一边;他的亲人,在一百公里之外的呼伦贝尔草原。

我想,世界上的任何事情,都有它的多个侧面,不能两全其美。从某种意义上说,残缺正是人生的本质和要义。护林员的寂寞,是风景的寂寞,开阔的寂寞,也是大地本身的寂寞。

夜幕降临,高高的野岭上,又升起一颗孤独的亮星,少女的眸子般忽闪。我的脑海里突然冒出一个短语:"星光闪闪的道路"。

那一刻,星光照亮了别处,也照亮了阿尔山的顶端和它的周围。

运草车

黄昏的节奏徐徐降临,若晚祷的钟声溅起袅袅余音,那一对劳作了一天的中年夫妇,放下了挖掘土豆的农具。深秋的原野,运草车的轮子在果穗间滚动。

长天之下,若有若无的音节自下而上,始终散发出一股轻盈的气流,在大地的鼻间萦绕。这时候,道路上黑压压的赶路人:背着柴草的老妇,忧心如焚的猎手,树林间恋爱的少男少女……他们正行走在大片荒芜之上,耳畔滚动着秋虫此起彼伏的叫声,这是时光和日子上紧了催逼的发条。

这是九月的秋天,我的滚动着果球和雨滴的阿尔山。哈拉哈河在季节的深处,游鱼穿梭,随风发出阵阵明亮的低语。

原野上到处是缤纷的落英,草果被秋风摇落泥土,期待着来年开出一片结满花穗的火绒。

抬头一看,山巅的星星已经升起三颗了——三颗亮星在头顶热烈地照耀,照耀着我像哈拉哈河一样澎湃的心潮,那些远方的心灵与我遥相呼应，早已点燃一簇篝火，唱歌和舞蹈；高高的野岭仙雾氤氲，老鸹的翅膀被露水打湿。山脚下，松木和靰鞡草搭建的屋舍，谁家的灯光长明不灭，谁家的灶火整夜燃烧？月光凄凉，狗吠不止，如果稍加谛听，还会听到隐约的狼嚎自山谷和阿尔山森林向外传递。

而这辆行驶在草甸上的运草车，带着劳动的倔强和悲恸，火的元素，光的个性，铁的意志，正掠过道路两边的荒地，一两只饥饿的野兔仓皇择路逃往黑夜……哦，陌生的奇景一个个映入眼帘：洼地里雪白的芦花随风倒伏，路两边黑乎乎的树影和瘦长枝干向上伸展；伫立在北方田野上的孤松，下面是一口井或者一座荒坟。秋雨过后，磷火飘飞，白骨暴露于野，成群的高粱棵沙沙作响，像一支列兵的队伍，形成完美的布阵。而我的心，却箭一般穿越这个寒气逼人的秋天，如约而至，仅仅为了要闻一闻运草车上满载的芳香。

人们甚至永远发现不了，大地上最后一辆运草车，体内燃烧着比篝火更伟大的能量，它们是青草的芳香，松果的芳香和土豆的芳香。

"黑夜，有人踏入了荒原。"

每当我读到这样的诗句，多年前夜行的经历便会栩栩如生地浮现，令人难以忘怀。我记得自己在十六七岁的年纪，终日无所事事，躲在某一部诗集里忧伤和做梦。我甚至怀疑自己患上了轻度忧郁症，白天沉默寡言，深夜到荒野上游走。迎着大风，内心呜哩哇啦地唱歌，脑海里幻化着许多可怕的景物，这些景物在艳光高照的白天不易出现：横卧在路中央的冰冷的蛇,从池塘窜跳而出的蟾蜍,蜇人的蚂蟥,以及在原野上游荡的披头散发的疯子,持刀打劫的蒙面人,传说中潜伏在黑处窥望行人的幽魂……

哦,尖锐而不可预知、残忍暴烈的九月,那在九月里热血沸腾的阿尔山!我就这样狂热地走进了你——你的妖娆,你的自由,你的丰富,你的危险。

有一次,天空落下了厚厚的雪,我穿越铁路线,在经过一个水泥管子时听到一阵奇怪的窸窣,然后是均匀的鼾息声像一缕白雾一样冒出来。我愣了许久才知道那里面住着一个无家可归的人,流浪汉或者孤儿,或者那些在大地上迷失方向的人们。大雪铺天盖地,呜呜叫的火车隆隆驶过,火车载着一个金光闪闪的时代。我看到一个孩子从窗口,丢下一只枯萎的花篮。

而眼下,阿尔山外大草甸子上的运草车,多像一床吸足了阳光气味的棉被,让我在秋天绝望的浪尖上舞蹈和寻欢。

暮色里,蟋蟀的叫声从幽暗的沟渠中升起,运草车的轮子在果穗间滚滚向前。

向孤独者致敬

阿尔山离草原很近,近得可以伸一伸手就能摸到草原姑娘的花裙子。如果夸张点说,站在阿尔山的野岭子上,把鼻子向远处一用力,就能嗅到自风中飘来牧草阵阵清香的气息,以及羊群的气息和奶牛的气息,而这正是草原的气息。

再往高处一站,就能看到草原上流动着的各种景物:玉带似的河流,像一弯从天边流下的口水;风吹着帐篷,帐篷周围是起伏不定、像火焰一样燃烧的青草!镜头再拉远一些,会看到硕大的苍穹下,一个缓缓移动忽大忽小的黑点,像一滴随时都会蒸发的露珠。走近后才知道那是一个头发长长的牧人,骑着一匹黑骏马,在无边的草原上游荡。如果这个意象在诗人的脑海里亮一下,会立即有一个句子涌上来:"草原,一个骑马的人。"——我宁愿相信,这个骑马的人,不是一个简单的牧者,而是一位哲学意义上的牧者。

草原的背景开阔宏大,那个孤独的骑马人怀抱寂寞,云游四方，目光贪婪地舔舐着茂盛的青草，像读一部厚厚的自然之书。有许多年，他背井离乡，远离亲人，甘愿承受岁月的磨损，身边聚拢着漫无边际的孤独。在当今时代，他完全可以选择去过为人熟知的生活，那种按部就班大众化克隆式的生活，去延续人类"岁月静好，现世安稳"的美妙设计。

但他却在一个雨夜走进了茫茫草原。更令人不解的是，如果用世俗的标准衡量和加以追究，人们才知道他这么做的理由一个也不能成立，这一切的结果完全是自讨苦吃，是上天赐予他的一个宿命。

我从一位哲人的书中知道，世界是有一种人，天生就热爱独处，那活在心底的自由之光，始终都在远方闪耀，像林间结冰的池塘，在阳光下闪闪发亮。为此，他背起行囊，哼起谣曲，远走他乡，在草原深处搭建起简陋的茅屋，奔赴孤独的命运；他行为古怪，思维偏锋，日子贫寒，守着他的只有一匹马，和一把忧伤的马头琴。

毡门开了，空空的四野，没有一个行人。

草原寒冷的冬天，他曾经守着炉火，吃着冰屑窸窣的萝卜，品尝过野兔的人生；在无数饥饿的日子里，他食草度日，体验了善良的羊的人生；后来，他住进帐篷，习惯了每天清早喝一杯醇香的奶茶，吃一盘新鲜的奶酪，在那达慕大会，饮三大碗马奶子酒也不会醉，烈酒滚进喉咙，如一团火下肚的刹那让他像个快乐的帝王。平日里，他的手里有一根长长的套马杆，能够征服草原上性格暴烈的马匹。他爱生灵，曾经抱着一只被冻死的黄羊低声啜泣，从这个意义上讲，他也就拥有了一个真正牧者的人生。

那个自杀的俄罗斯田园诗人说："人在大地上，只有一个一生。"那么，世界上有谁，能拥有并体验到不同的人生感受呢？大多数的人生，不过是在日复一日、年复一年地运行，在重复中迎迓衰老降临。就像马可·奥勒留·安东尼在他的《沉思录》中所言："一个人在埋葬了别人之后死了，另一个人又埋葬了他，所有这些都是发生在不长的时间里。"

他在草原上，与自然界融为一体，从肉体到灵魂，从形式到内容。把二十岁、三十岁、五十岁——把整整一生的光阴都交付出去，交给广阔的草原，比在都市钢筋水泥的夹缝中生存挣扎，患得患失，要幸福和快乐得多。

冬天，雪越下越大，马蹄印把白茫茫的草原压扁。

温泉的性格

我漫步阿尔山外,满眼都是苍茫的暮色:金色的落叶松林,把绵延起伏的山岭点缀得金碧辉煌。夕阳的锦缎在天边,静止不动,天空偶尔掠过一只山鹰的灰翅。而脚下的枯草丛,厚达三尺,松软美丽如一条铺展在大地之上的羊绒毯。如果将双脚踩上去,会让人产生一种幸福的无力感,我索性软绵绵地倒在地上,后来干脆四仰八叉地仰躺下来,望天上雪白的流云蜂拥和聚集。

我知道在枯草之下,是被季节遮盖的道路,那原本宽敞的道路之上,曾经布满了牧人硕大的木轮车辙,布满了捕鱼人从村庄穿梭往返的足迹,以及北方游牧民族留下的刀光、火种和歌谣。

而道路,会在冬天的第一场雪到来时重新裸露和呈现,雪会铺开一条更加宽敞的道路。

四月,牧草会重新返绿,芳香随风四溢,草籽遍地开花,马匹喷着响鼻。

神灵会从天堂把手一挥,派蜂群向人间发布春天的消息。

躺在软草丛中,我的背部涌起阵阵灼热之感,这是来自大地的热度,是阿尔山地下奔涌的温泉在流淌,温泉在地下,有自己的一条道路。

温泉的道路在大地的指引下披荆斩棘,构成了温泉独特的性格。

是的,在神奇的阿尔山,无论冬天多么寒冷,无论雪下得多么大,那埋藏在地下的温泉,却依然会以它强劲的热力,似火焰的能量和激情,钻出大地的表层,在雪地上形成两行热泪的流痕,它带有上帝的悲悯与包容特征。

在阿尔山逗留的时光里,我几乎在每天奔走考察的闲暇,把身体浸泡在滚烫的温泉里,久久不肯离开泉水的亲昵。我企图用这种方式,去亲近久违的自然,企图让这亲近过神灵的泉水,洗去我被世俗污染了的身躯,需要向岁月忏悔,需要抛弃对名利的贪欲,需要远离一些人一些事物。

这些大大小小的温泉,不但能煮熟一篮子鸡蛋,还能让我还原婴孩般清澈的目光,愈合我内心的伤口,清除我血液中每一个老旧的细胞和颓废的因子,还原我被一个个日子掠夺和生活的重负挤压变形的性格。——在浸泡在水中的每一秒钟里,我都幻想着从水中获得新的拯救与涅槃,当我赤身裸体,在沐浴之后站起身来,我已经不再是原来的自己了啊。

我想起海子的诗句:让我们从黑夜的道路/从泉水的道路/从大神的道路/回到人间的道路上来吧/我们已离开得太久。

农事诗：葵

那时候，我其实并不熟悉葵花，更谈不上读懂它的本质以及内涵。它瘦削的姿影在大地上晃动，增加了平原上以植物命名者的高度。——我知道，它沉甸甸的头颅在不停地旋转，始终朝着太阳照耀的方向。它是紫外线的情人，光的热恋者。

当时，我站在故乡的高坡之上，村庄刚刚经历了一场秋收，眼前的景象荒芜而又苍凉，像一片被风暴袭劫过的海洋。望着田野上被砍倒的大片葵花秆，一种荒凉的美感如惊慌失措的地鼠，迅速蹿入了我的心间。我年幼的心，既有点莫名的兴奋，又有些莫名的慌乱，一切都是莫名的。

此后，秋天的露水布满了田野，收割后的田野很快进入冬天的调整时期，此时的田野像一个经历产后的妇人，看上去那么虚脱无助。整个冬天，她睡着了，在静静地等待来年的种子重新播入土壤，让自己再一次受孕。哦！冬天的平原，像阿尔山脚下的原野般一望无际的平原，无论日出还是日落，都没有任何遮拦。

布谷鸟叫的时节，我目睹到乡亲们在春天耕作的情景：一头黄牛在吆喝声中低头用力，随着一声鞭响，犁铧的锋刃残忍地切开大地的腹部，紧接着是一股刺鼻的泥土气息冲出地面，强烈的气浪浮在半空中久久不肯散去。我听见地下的草根被斩断的声音，以及泥土在漫长冬季发酵后气囊般的爆裂声。

我相信春天的大地，会随着第一声春雷而开裂，种子苏醒，土地之神会在瞬间钻出，守护一年一度丰收。因为农人，是大地最忠诚的儿子，神灵要成为他们的庇护，完成他们用汗水换来的祈愿。

成年后我才意识到：世界上最好闻的气味，莫过于泥土与草根结合产生的气味，当黑色或褐色的泥浪毫无保留地袒露地面，如果再加上绵绵细雨的糅合，气味就更好闻。它们的新鲜和热烈是上天赋予的，带有天然的原生质地。这种气味，要远胜于城市园林和建筑回廊中令人头晕和嗜睡的丁香花瓣。

至今记得，在冬季铺满了麦草的炕头边沿，我最早见到葵花结出的饱满籽粒：小小的坚果，子弹般清瘦，剥去外壳，裸露的果仁呈现白色的肉质，放到嘴里，满口的香气迅速漫延，渗入味蕾，让味蕾愉快地变成开屏的孔雀。至此，我知道大地上所有果实的可食之香，它们区别于玫瑰花朵的要害，仅在于舌尖与嗅觉的界限。而正是这一步之差，却让人类的审美趣味有了南辕北辙的偏离。

在贫寒岁月，像一把盐，葵花的籽粒装饰和点缀了乡亲们寡淡的胃液，也让葵花名正言顺地归类于农事。

长期以来，有一个问题令我十分迷惑：身材高大的葵啊，你原本拥有一座巨大的果实之仓，却为何结出这般小小的籽粒？造物主最初选择了你，究竟出于何种动机，是出于设计的精心还是随性的怠慢？作为一种既不是树木也不是庄稼的植物，你是上天的主力军，还是下脚料？当然，这些问题，在植物学家眼里是粗浅的，也是可笑的。

而如何才能读懂一种植物，的确需要时间和觉悟的洗礼，在阿尔山，我终于对葵花有了一种崭新的认识——哦，一望无际的葵花！一望无际的金子！

在九月疯狂的阵雨过后，在牧人和猎手吹奏出阵阵欢快或悲凉的唢呐声中，大片大片的葵花列队整齐，挺拔有声，飒然肃立，像无数张开的嘴巴，向天空发出了群体性的呐喊。

灿灿金轮，星罗棋布，若风车旋转，完美而柔韧地构成了一个能量的磁场。

自此，我确认葵花是一种有生命活动和独立思维的植物，在看不见的内部，它拥有一副深谙冷暖的内脏，一副天然的好嗓子，却唱着一支支让人类听不到的歌曲。

而且，我确认葵花还拥有完整如人类的大脑沟回，否则，为什么一出生，它们就如此坚定地跟紧了灼热的骄阳？

为什么一出生，它们就高擎成一座火山即将喷发的形象？

在那一刻，我突然像梵高一样爱上了这种农事诗般的植物，准确点说，是爱上了一种深沉内敛、金属般铮铮作响的语言。

竹：完整或残缺的器皿

1. 笋的命运之书

要么尖锐，要么顽固，要么温驯，要么狂放，要么抵抗，要么顺从，要么锋利，要么破碎……总之，一株笋的诞生不是那么简单。首先，泥土决定了笋的品质——在春天，冰冻刚刚结束，大地尚处于板结期。乍暖还寒，天空有零星的雨和飞鸟出现，而成千上万的植物种子却在地下萌动发芽，经历着破土的熬煎。我要说，这时候土地的内部是多么温热！它不同于地表的僵硬，而是像母亲受孕一样承受着子宫剧烈的活动——它顺应地球的转动而日益膨胀、壮大，直至突然发生爆裂。应该说明的是，这堪称巨大的爆裂之声往往在夜间发生，沉睡的人们是听不到的，连同河岸边的茅屋和牛栏也听不到。还有隐藏在水中的鱼，岸上的虫子，村子里的打更夫，跳大神的巫婆，击鼓的大汉和吹埙的送葬师。

如果用一把利刃小心翼翼地切开一块温热的泥土，会看到一枝嫩黄的幼芽，它拥有尖锐的头颅，斗士的身躯，百折不挠的意志，注定不甘于埋没于泥土之下，神灵赋予它向上的冲力和能量。瑞士心理学家荣格说过一句名言：性格决定命运。

而一株笋的命运在瞬间注定，让它的一生由无数个不确定元素和要件组合而成：它要时刻警惕人类餐桌的毁灭性猎食，在飒飒奏鸣的风中长大，要么是一把剑，一把锋利的匕首，要么做一件安静的器皿，少女般温润如玉。总之，固执中的吸收，坚守中的迂回，断裂后的复原，伤口上的结痂，跌倒后的爬行，失败后的出发，太阳下的哭泣，长夜里的希冀……这是一部笋的命运之书。

2. 竹筒饭

炊烟从屋顶上升起来。简陋的茅屋，被烟火熏黑的灶台下，老阿婆手持一根拨火棍，在做竹筒饭。夜色渐暗，火塘映照着一张多皱的脸——人生苦短呐，任何人都无法想象，在几十年前，这张脸曾经是整个村寨一束最诱人的火苗。如今，在人生的黄昏，她无儿无女，孤苦伶仃，凭借一顿竹筒饭的香味咀嚼从前，味蕾里有残存的好时光：谷垛、灌木丛、雨后的积水洼。青春、骄傲和爱情的欢愉。门前的溪水，绕过屋后的竹林走远，而这一切无论出现还是消失，都似乎短暂得像一个恍惚的梦境。

老阿婆大概永远也不会知道，当一株株幼笋破土而出，经历了七灾八难，终于长成一片竹林，会构成一种怎样的景观？远山沉默，大地无言，云朵飘散，只有站立的竹在秋风中诉说——竹叶在风中发出铮铮明亮的歌唱。竹林装饰着荒凉的茅屋，让寂寥与贫穷化为稀有的回忆，让远行客在林边驻足休憩。在一幅古画中，我读到一位骑马的高士，他遇到一片竹林，便忍不住翻身下马，把一匹瘦马拴在怪石桩上，自己倒在竹林边鼾然长睡，长袍腰间的酒壶木塞已经脱落在地。这幅画令我联想到"竹林七贤"的来历。

而当祖先发明了竹筒饭，便意味着竹又一次被雪亮的斧头伐倒，然后身体被残忍地劈开缺口，让碧绿的鲜血喷涌而出，自此一根竹不再完整。那一刻，竹王在林间发出明亮的低语，它忍受着怎样的丧子之痛啊。秋风吹来，竹叶沙沙，大地上响起一支庄重的安魂曲。

一株难逃劫数的竹，就这样走向一把斧头，走向火的涅槃，走向比活着更妖冶诗意的死亡，走向石头垒砌的柴寮土灶——一口被火煮沸的鼎。

3. 乡间梆声

小时候，冬天的清晨，我时常被窗外响起的梆子声吵醒，声音响彻悠长的胡同。我知道只要一出门，便会看到一个长相黝黑的男人手持一只梆子在敲，他的身边是一辆手推车，白色粗布下是刚出笼的鲜豆腐，或者一篮子馒头，它们来自光线幽暗的乡间作坊。作坊的屋顶之上落满了麻雀，门前被废弃的石磨落满了雪。做豆腐的过程虽然谈不上十分复杂，但对火候的把控功力要求却很严谨，比如点卤水吧，要精确到分秒毫厘不差，否则做出的豆腐就会"老"

或"哏",有的干脆"溲"了。那么,一晚上的劳作就白费了。在胡同之内,我率先注意到豆腐小贩的手被冻得通红,像一只大水萝卜。而他手中的梆子是用竹子做成的,一根完整的竹子变成了器物,衍生出一种味道独特的乡间格调,自此一根竹脱离了团队的局限,成为一根出家游走的竹。竹子完成了角色的转换,开始见识广大的世界,道路、山川、河流、旷野、形形色色的人、生灵以及风物;它用响亮的声音把小贩的心思传达给沉睡的食客,也震醒了乡间的羊圈和鸡笼,它见过一只鸡怎样在咯血中死去,祭奠黎明。从此,人们发现在广袤的乡间有了一个十分有趣的现象:一根尖锐的竹,像个衣衫褴褛的光头僧人,在大地的心脏游走。它让古老的风俗里多了另一种被敲击而成的语言——小贩省略了费力的叫卖,浓醇的乡村生态向文明的方式靠近了一寸。

成年之后,我从更多的现象中解读竹给人类生活带来的变迁:由一副梆子到一面铜锣,由一面铜锣到一只扩音器;由扩音器到广播喇叭……直至人类发展到网络时代,手机微信大行其道,信息量呈辐射形爆炸,人们再也不需要一副梆子来代替微弱的呼喊。

4. 箫之呜咽

箫之呜咽让人联想到远古的城墙,在垛口之上的被暗箭射杀的士兵,火攻计实施,城池被袭劫一空。月黑风高,偷袭成风,入侵者总是堂而皇之地用一大堆词汇掩饰卑劣,把谎言与无耻打扮成正义的行动。厮杀过后,狼烟滚滚,尸横遍野,一切回归死寂的平静。这时候一根竹做的古箫幽幽响起,自长天贯穿而下,穿云破雾,实现对亡灵的超度。在某种时刻,音乐像一张纸,或者一只手掌,轻轻地盖住了人间的哀伤,而这一切都需要一支箫来完成。在我看来,竹箫与笛子虽然都取自同一个母体,但使命却截然不同,恰如一奶同胞的两个性格迥异的兄妹。竹箫总是对自己的妹妹爱护有加,让她隐居在象牙塔内,而自己主动承担起一份现实的残酷和扑面而来的血腥气息。

笛子是用来表达欢快的,适合吹奏轻浅的牧歌和童谣,或者在马灯照耀的打麦场演奏一曲《庆丰收》式的乡间小调。总之,它承载不起重大的主题,庄严的仪式,辉煌的祭典,以及历史沉重的喘息。在一支古箫面前,一支短笛的乐曲显得多么肤浅——这充分说明一个争论不休的问题,快乐总是肤浅的,具有短暂和虚无的本性。清代文人郑板桥以画竹咏竹闻名于世,其实他是以竹寄情,喜欢竹的散淡风范,"自然淡淡疏疏,何必重重叠叠",身居官场,他有诸多不为人道的无奈与悲哀。一介文人在那个时代,若想保持一份清高与独立,何其之难,遂选择一枝竹节自勉自慰,直至成为灵魂的符号。板桥先生在鲁地为官,故乡尚在淮扬一带。有一年春天,我曾到其故居驻足逗留,眼前是一处农家院落,三间低矮的瓦屋,门前自然是植有一片葱茏的青竹。江苏兴化是盛产文人的地方,除了板桥先生,还有《水浒传》的作者施耐庵,等等。我去时正值油菜花开时节,柳堤和垛田一派灿烂金黄——油菜籽榨出的油带有一丝野树根的生涩味道。

郑氏画的竹子和书法,我都喜欢。但他却忽略了竹的副产品:竹箫和竹笛。在我眼中,如果一支竹笛老去,就让它置于阁楼的窗台老去吧。而一支箫的老年,却像一位沉默的先哲。如果一支箫死亡了,不妨挖掘一个深深的土坑,将其挺立的身躯下葬。

5. 竹的艺术家

南方篾匠,本是一门古老的职业,我乐意将其称为竹的艺术家。在篾匠的作坊里,细细地观察其完成一件竹制器皿是一种莫大的享受:篾匠手里的工具并不复杂,除了一把将竹子盘成细篾的篾刀,还有一把锋利的锯齿,一根竹被"度篾齿"特制的凹槽牢牢固定,柔韧的竹被残忍劈开,变成一片片篾条,篾条在篾匠的手中像竖琴般发出声响,更像是一根根幻想的触须。在那一刻,我的脑海里突然涌出一首顾城的短诗《弧线》:"鸟儿在疾风中/迅速转向/少年去捡拾/一枚分币/葡萄藤因幻想/而延伸的触丝/海浪因退缩/而耸起的背脊/"。

一名出色的篾匠,在乡间拥有受人尊崇的地位,门徒遍布周围十几个村镇,他因此迈着蟹子的步伐横行乡野,鼻孔朝天,熟人老远就向他打招呼,他也只是抽动一下鼻头算是应答。起初,我对他的傲慢十分不解,甚至当面表示嗤之以鼻,他朝我眨眨眼睛,也不作任何解释,只是专注地埋头做手里的活计。我注意到他是在细细编织一件器皿，图案复杂，这件东西他已经制作了两个多月，后来，我知道这件竹子制作的器皿被高价售出，有人花了近三万元的价格买走了它。几乎就在一刹那间，我终于明白了一个乡间篾匠傲慢的来源。

事实正是如此，篾匠因竹的存在而成就了自己的尊严，竹骄傲了一生一世，却也难逃篾匠之手的摆布。在篾匠的世界里，一捆竹是一张张扩张的蛛网和一个个绳索的死结。他可以把一根看上去模样不错的竹变成柴火，变成炉灶里的灰烬，也可以把一根长相怪异的竹变成艺术品，在拍卖会上追涨至天价，令人咋舌。

一名篾匠和一名职业魔法师有着惊人的相似之处，境界高超的魔法师可以随时把自己变没，从人间蒸发，或者变成一条鱼顺河水游走；而端坐如雕像般的篾匠，是把指间的一根根活蹦乱跳的竹子变成一部乡间博物志。

6. 在天地间倾听

作为一位清癯哲学家的竹，它从不遮掩自己对事物的鲜明立场，但也对世事保持某种笃定、冷静和客观姿态，拒绝夸大和八卦式的假想。多年来，它时常向周围的人们传达一种有趣的说法："如果大声吼叫可以解决问题，那么驴子早就统治了世界。"我想这是一根竹在众声喧哗中沉默不语的缘由。从某种意义上来说，它活着的目标既不是被过早的砍伐折断，也不是成为乡间耀眼的植物明星，而是修整好一个健康强大向上的精神状态，让自己在风雨中节节生长，成为一根顶天立地的竹。

它认为与其在广场上大声演说，莫如做一个孤独的倾听者——在黑夜浩渺广袤的天地间，在隐约明灭的秋声里，耐心细致地倾听月光下露的滴落。它发现一滴透明的露水居然隐藏着如此巨大的哀伤，在整个夜晚，露的讲述令它唏嘘不已。通常，一滴露从水的胎盘里蒸发上升，被风吹上天空，又经过一夜的霜冻，在月光的发酵下才凝结为露。在露水的夙愿里，它其实是想插上一根七彩的羽毛，像鸟儿那样飞向太阳的宫殿，自此获得大自在的欢乐。而如今，无论它的上升或降落，都背离了心灵的初衷。在此之前，它曾认真倾听过一只青蛙的哭诉，青蛙在池塘中受虐的细节令它同情；而一只羽翼透明的蝉，在它怀中"知了知了"地表达苦闷，它及时送上安慰，用枝叶紧紧护住这从地下钻出来的民间歌手，希望上天给其搭建一个广阔的舞台施展才华。不料，突然在某一天，蝉停止了歌唱，变成了一具枯叶似的标本，而蝉的理想还没来得及实现。

一根伫立在河畔的竹，它深谙人性的浮躁与局限——在它看来，没有比人更难以捉摸的生物了，简直匪夷所思不可理喻，比如这个村子里的人一年四季都在筑路，却在阴雨天满村都是泥泞，滑倒了牛和驴，木轮车也深陷在沟壑里。他们在晴天举行祈雨的仪式，手摇着神秘的巫鼓：嘭嘭嘭、嘭嘭嘭！而在雨天的屋檐下编织草绳，暗暗期盼太阳出来，好晾晒潮湿的棉被和烟叶。他们希望冬天的荒地上长出一片竹而不是一片土豆；当竹长成一片葳蕤的森林时，他们又希望一根竹是一只飞翔的暗器。

7.一盏摇曳的竹灯

你不能否认,片片金属般的竹叶是闪电的形状。当暴风雨来临,竹叶在雨中战栗和哭泣,它们被上天注入了无穷的能量,因为闪电要在竹林中落脚安家,休养生息。而我——文字的奴婢,此刻躲在竹林边的一幢小茅屋里,倾听远山的呼啸,雨水自屋檐狂泻而下。

夜幕降临。吃过老阿婆做的腌笋丝炒青豆,喝了一杯酱香酒,然后泡了一壶福建老白茶——老白茶是一位湖南友人寄来的,那年九月,我们一起在雾灵山摘梨,观赏秋月,大碗品茶,还有点"感时花溅泪,恨别鸟惊心"的意思。从春季开始,掐指数算,我在这幢竹林边的茅屋里已经居住了整整两个季节,对我而言,这是一段至为宝贵的南方生活。仅仅半年时间,却让一个自幼生活在北方的人完成了一个小小的跨越。准确点说,我已经不可救药地迷上了白露布置的南方生活:寂静的河湾,简陋的木桥,镜子般闪闪发光的稻田。我迷上乡间小道上的悠然而行的水牛,在水沟里捡拾黄泥螺的女孩儿,以及我居住的这幢百年茅屋——它在夜间散发一种凉薄气息,渗入骨髓,让我有醍醐灌顶般的大彻大悟之感。

在无数个停电的夜晚,我手持一盏竹灯寻找某件被时光遗忘的物什,昏暗的光线打在陈旧的墙壁上,我的影子皮影戏般移动,一本旧年历还在墙壁上固执地述说从前。竹灯摇曳,微弱的光束照在仓房里一口盛过酒的黑釉色瓦瓮上，房梁上的旧农具锈迹斑斑。最终，我找到一件盛米的百年竹器，它细密的编织胜过一千吨华丽的语言。

第二天，我把竹器悬挂在屋檐下，将点亮的竹灯放入其中，我要每天给竹灯添加燃料，让它保持明亮直至久远。如果它在中途不幸熄灭，我将即刻收拾行装下山，不再回还，像一粒倔强的稻米不再归仓。

8. 灰烬之美

而冬天终于如期来临。大雪纷飞之日，火塘正红，散发着木柴的热量——我奇怪这木柴居然散发出一股浓郁的香味，正在迷惑，老阿婆告诉我说她烧的不是木柴，而是废竹劈，这让我微微一愣。望着灶前纸糊的窗户，我知道河岸上风雪正急，山林中落叶随风飞旋，一批竹在入冬前倒下，优质的竹早已被篾匠做成器皿，甚至连竹根也连根挖出，制作成了竹雕——我远在城市的书房里，就有一件用竹根做成的美髯老翁，根须代替天然的胡须，如此栩栩如生。他始终保持微笑，持有一种可容天下难容之事的乐观表情。按理说竹全身都是宝物，但任何东西都有派不上用场的下脚料，竹也莫能例外，剩下的一些废竹劈便用来填灶膛。令我感到惊讶的是，在竹劈融入火焰后，并没有发生想象中惊惧的爆裂声响，而是看到它们从容愉快地投入一场火的盛典。这是一根竹一生最后的狂欢，对于这一刻的来临它好像期待很久了，急切彻底而决绝地投入火焰，像期待一场热恋，一次与久别情人的亲吻。在干净的燃烧里，它张开柔韧的双臂，奔向两片火焰的嘴唇……我目睹到世上最惊心动魄的景象：在最美的瞬间，竹节在火焰中舞蹈，无声地歌唱，成为火焰本身，然后化为灰烬……对于死亡，一根竹其实早已拥有本质的参悟——作为一种具有思维能力的灵性植物，它曾经在世间开花，根须扎向大地深处，并且繁衍后代，因此已经没有遗憾。

不管怎样，面对一堆死亡的灰烬，我难免在心中掠过一丝伤感。灰烬，总让人联想起翩翩飞舞的蝴蝶，而竹子的灰烬，是一块完整的铁。

故乡近,山河远

> 愿你内心山河远阔,隔着光阴的墙,怀揣那个永不消失的故乡。

寒冬夜行

A

那方火塘在冬夜里微微燃烧,照亮了夜和土墙,也照亮一张长满胡须的脸。小泥屋外北风刺骨,寒星颤抖,天上挂着一弯冷月。冬天的第三场雪已经落下,上天赐予的银毯铺满了整个河滩。如果站在黄河岸上鸟瞰,会感觉是梵高油画《星月夜》的意象呈现,头顶硕大的苍穹,幽蓝而孤冷。只是梵高油画中的星星更为密集,像探照灯;而眼下黄河口的夜空,仿佛星星只有一颗,并且生怕丢了似的,在紧紧地牵着一轮冷月的衣襟。

空气中始终散发一种被冻裂的树根儿的味道,在深黑的夜里有点刺鼻子。而举目四顾,周围除了积雪,还有大片芦荻花,我忍不住又问了一遍:"这是哪儿?"

"这里是黄河口。"汉子低声作答,他的声音像是从一口瓮里发出来的,或者野獾从洞穴里发出来的声音。我站起身来,深吸一口冷气,听见风声顺着河道一路逃窜。我是如何来到这陌生的去处的呢?我竟然一时陷入懵懂了,仿佛置身一个幽深的梦境。

哦,如今回忆起来,那是一个多么久远漫长的冬天。那一年我才十四五岁,还是鲁西平原一个县城的中学生。学校里放了寒假,县城里的人们都在欢天喜地准备迎接新年。校园的荷塘里只剩下破败的残叶,无人挖掘的藕烂在泥里了。我已经悄悄开始写作。从夏天到冬天,我都在趁上晚自习的时间"创作"一部电影剧本,虚构了一位残疾青年和一位小城女工的恋爱故事,当时还是纯手工写作,写了几个月终于完成,掂在手里是一摞厚厚的书稿。在小城里,我有几位志同道合的文学朋友,我们经常聚会,互相传阅对方的新作,多少次为提意见争论,甚至爆发激烈的争吵。剧本完成后经过大家的传阅,开了一个小"研讨会",又经过几番修改,挂号寄给了东北一家著名的电影制片厂——之所以寄给这家制片厂,是因为自幼看了太多这家制片厂拍的电影,烙印太深了。剧本寄出后,是艰苦的等待,每天掐算着指头数日子,极其难熬——当然,两个多月后,收到退稿,但可资欣慰的是,退稿信并不是传说中打印的冰冷信笺,而是编辑附加了一封热情洋溢的手写体,他对剧本提出了一些修改意见,然后是一些鼓励的话。按理说,事情应该至此为止了,剧本的失败应该是一个文学初学者再平常不过的经历。正所谓"一个必然的意料之中,却构思着可笑的意料之外"。但在此期间发生的一桩"事件",却给这桩普通的程序化退稿蒙上了一层鬼魅的意味，使平静的河道里溅起一层涟漪——起因发生在我与文学沙龙团队之间，事情的经过是这样的：在剧本《残爱》完成初稿后，我们的文学沙龙先后进行了三次研讨，然后几经修删方才定稿，看得出大家都对这个剧本抱有很高的期待，有几位极尽溢美之词，甚至设想它拍成电影后的"火爆"反响。当时，我们是那么青春年少，太容易做罗曼蒂克的梦。在他们的纵容下，我也一度飘飘然找不到北，脑海里幻化出许多不切实际的画面。当然，梦很快被击碎——是那种很温柔的击碎，没有留下粗暴的残片。在收到退稿后，我本人陷入惆怅失落，但倒也没觉得太受打击，因为不久前刚刚读了美国作家杰克·伦敦的长篇小说《马丁·伊登》，并被主人公经受百万余字的退稿而依然锲而不舍地追求写作的精神所鼓舞，心想人家写了一百万字还没有发表一个字，我才写了不过四五万字的习作，这点小小的失败算得了什么！总之，我先把自己劝好了，日子进入惯常的运行中：每天读课外书，黄昏时沿着城中的河流散步，留心观察街道的变化，四季更迭，日出日落……此外，还苦心经营着我们的文学沙龙，但要命的是，我非但没有从半月一次的沙龙活动中得到安慰，而是遭到了一次前所未有火力猛烈的"批判"——原来那几位不吝溢美的文友对剧本的态度竟然来了个大反转，借着被退稿的事实契机，把原本被他们吹嘘得天花乱坠的"佳品"、"杰作"批得体无完肤。当然，他们的发言都冠以一个"为了你好"的开头。在我看来，他们先抢占了道德制高点，然后集中火力瞄准目标，嗖嗖嗖，万箭齐发。我先是隐忍，默默地听着近乎尖刻的轮番数落,越听越惊讶,感觉他们是私下串通好了的,这才有了高度的一致,批评中夹带着奚落成分,尤其那慢条斯理、笑里藏刀的嘴脸,都让人引发了生理上的反感,终于触到了心理承受底线,记得我当时把手一摆,停在半空,这是一个制止的手势,然后把手掌重重地击向眼前的茶几,随着一声砰响,茶杯仓皇滚落在地,接着发出一声愤怒的咆哮:"且慢——",我全身颤抖,毛发竖立,指着某一位唾星四溅的家伙破口大骂,"啊,这么天才的意见你们咋不早说?!怎么人人成了事后诸葛?这是什么行为?这是往人伤口上撒盐!一帮势利小人,我他妈……耻于与你们为伍!"我扔下这几句掷地有声的词语,站起身拂袖而去。

现场顿时陷入尴尬的寂静,即便我用背影也能感觉到众人惊愕的目光,变形的面孔,他们大概永远也不会想到,一向性格内向温和的我体内竟然隐藏着如此巨大的爆发力。惊悚和慌乱在瞬间发生,气浪冲向屋顶,但很快有聪明人出面打圆场了,那人追上来扯住我的胳膊,不停地劝解,但我去意已决,不挽留还好,这么一拉扯反而加速了告别的步伐。

B

这次事件居然促成了我平生的第一次离家出走,它像一个谜语,从此开启了人生令人着迷的流浪——自那时起,我就无可救药地爱上了荒野行旅,黄河岸边的野性之火点燃了潜伏我体内对自由的渴望。成年后更是每年有多半的时光在路上，在草原和沙漠，呼啸的森林和高原的星光，在陈巴尔虎左旗或额尔古纳河右岸。记得当时，我写下过类似的诗句：我已流浪成癖爱草成癖——

当时，为了宣泄无以名状挥之不去的坏情绪，像一节废电池，我决定离开县城，去一个遥远的地方将负能量释放掉，否则我将被现实压抑得气流窒息而亡。尽管摸摸口袋，我身无分文，衣衫褴褛，头发蓬乱，目光流露怯懦。如今回忆，那真是一个狼狈不堪的狗年月。我向母亲撒了个谎，说是远在胜利油田顶替父亲当了工人的初中同学王鲁滨写信约我去玩儿，现在正好放了寒假，我想去看看他。母亲听了我的话，样子警觉地问了一句："是你自己一个人还是有同学做伴？"我回答说有同学一起去，母亲似乎放心了，粗心的母亲也没有问是和哪位同学一起出行。最终，她从口袋里掏出两张十元面值的钞票，加起来是二十元钱，并嘱咐我此事一定不要让我父亲知道，这是全家人半个月的生活费。我点头应允，心早已飞向了远方。啊，远方，有起伏的地平线，有森林、大海和别样陌生的人群。

从鲁西平原小城车站乘上一辆破旧的大客车，一路向东，寒风顺着车门缝隙钻进车内，车上的乘客似乎不多，但我是如此兴奋，脑海里浮现出一望无际的大荒原、磕头机和高高的井架。随着车轮缓慢吃力地前行，车窗外的行人渐渐稀少，树木和村庄也渐渐稀少。冬季的日光慵懒地照耀着荒凉的田野，蜷缩在车上的我感到双腿已经僵硬麻木，好在行前母亲强制性让我穿上了一件军大衣，否则一路上会被冻成一根冰棍儿。时值中午,大客车终于到达东营车站,我顿时置身于一片陌生的物景和人流之中,仿佛被时光之手扔进了波涛滚滚的黄河。走出车站,人影绰绰,我见人就打听王鲁滨的下落,人们纷纷摇头,没有一个人认识王鲁滨,这让我由兴奋陷入了恐惧,原来想象中的油田只是一家工厂,人们聚集一处采油做工一起在食堂吃饭,就像只有一条街的县城,人们差不多都互相熟悉,万没料到东营像一只打碎的玉盘,散落在茅草瑟瑟的大荒原上,闪闪发亮。我掉进了一个巨大的迷宫,既是地理意义上的迷宫,更是感觉和认知上的迷宫。结果整整一天过去了,我也没有打听到同学王鲁滨的下落,眼看着天色渐黑,只好随便找了一家小旅馆住下,想第二天继续寻找王鲁滨。当天夜里,刮起尖叫的北风,下半夜开始下起了雪,掀开小旅馆的窗户,地上全是白茫茫的晶体,房间里还燃烧着煤炉子取暖,在风向的压迫下,煤烟的味道很重,我开亮灯光,听着沙沙的落雪声,睁大眼睛望着屋顶,枕着散发舌草气味的枕头,数了两千多只羊,好歹到天快亮了才昏昏然睡去。

C

小旅馆的清晨寂寥而清冷,炉火已经悄然熄灭。我感觉身子沉重得像被捆住了手脚,头部昏沉而恶心,太阳穴在隐隐作痛。我跌跌撞撞地出了小旅馆,整整一天没有吃饭了,肚子竟然没有一丝饿意。好在雪停风住,太阳出来,路面上到处都是积水。后来，我花了一块钱坐上一辆三轮车，来到黄河岸边。阔大的黄河已经结冰，我迎风沿河而行，一边喃喃自语，我想了很多难忘的往事。几乎在整个幼年时代，从两岁到八岁，我与祖父居住在一个香气四溢的果园。一口水井，一条草狗，秋天的脚下铺满黄金落叶，旺旺的秋风在沙丘上怒吼。与人群的长期疏离，注定了性格的羞涩内向。它们像绳索捆绑着一个可怜的孩子。我见人就躲，像松鼠的同类，连最简单的事物也不知该怎样表达。我被月光下的栅栏紧紧关闭，满眼都是硕果累累的枝柯，极目远望，白皑皑的山峦像一座座黑色的谜语，谁来为它注释和命名？天是那么蓝，风吹散了白云编织的羊群。

　　我虽然暂时远离了各种危险，但却分明知道外面的世界是一艘在风浪中颠簸的舢板，一不小心就会触礁。在烛火跳跃的夜晚，祖父向我讲述年轻时代的经历：大兴安岭的森林，棕熊和狼，厚雪之上神秘的脚窝。我知道一棵大树怎样被木锯割断，轰然倒塌，悲壮和暴烈。有一次，一个伐木工背着一袋粮食路过山冈，突然滚下的一根圆木让他的双腿留在了路上，远远看上去像是一双靴子，更像两朵枯萎的花。

　　一片微小的树叶也能让人丧命，生命的消失不需要理由。我目击过许多令人哀伤的场景：一个在雪天摔倒在苹果园外的乞讨者；一个吊死在田野树木上的失恋的人；一个在惨白的大太阳下仰着脸踉跄而行，一边像喝可乐一样地喝一瓶毒药的人。他们曾经真实地存在，却义无反顾地奔向一个永恒的消失。

现在,当我独自一人在古老苍凉的黄河岸边行走,内心仿佛吹奏一支呜咽的小号,我想起不久前读过的高尔基写的《童年》和《在人间》,其中有一句话这样说托尔斯泰:"只要这个人活在世上,我便不是孤儿。"而我已经活到了十五岁,和当年流浪人间的作家高尔基年龄相仿,但我的生命中却没有遇到过一个精神之父。

D

"孩子,我看你这是煤气中毒了。"夜已经很深,当我醒来时,已经躺在小泥屋的土炕上了。这就有了开头的一幕。眼前的一切像电影一样生动,但比电影真实可感,咬咬手指头生疼。"我在巡河哩!眼看着你躺在黄河边了。孩子,你已经昏睡了整整一天。"这个守望黄河口的大叔,像上天派来的牧羊人,点燃了火塘里的一堆木柴,怀里抱着一根皮鞭。我只是好奇:他脸上的疤痕是怎么留下来的呢?喝过他递过的一碗热腾腾的姜糖水,我的脑子从混沌中渐渐清晰,直觉告诉我,这个人可资信赖。他不是坏人。在深沉的冬夜,在永恒的火塘旁边,一阵委屈从我的内心泛上,泪水涌上眼眶。他安慰着我,用一种不急不躁的方式,而且面部没有表情。我忍不住将事情的经过一五一十地倾吐而出。他听了也不表态,而是继续收拾着屋子里的东西,一会儿往壶里续水,一会儿用毛巾擦拭木桌,却又分明把我的每一句话都听在了心里。当我说到来黄河边两天来的遭遇,寻找同学王鲁滨的不遇等等,他笑了起来,发表了一番让我终生难忘的言论:"你不要寻找你的同学了,"他说,"这里很大,是地球的边缘!黄河边是大草滩,大荒原,周边是河口、利津、垦利……好多的地方。当然,这不是重要的,重要的是你的同学根本就没有约你来,是你自己把一个设想当真了,你得从这个设想中走出来。"

"但如果找不到他,我岂不是白来一趟吗?"

他摆摆手,依然语调平和:"哎,你应该纠正过来,你的目的是出来走走看看,而不是来找你的同学。"

我当即惊呆,愣了好半天才回过神来:是啊,我的同学王鲁滨根本就不知道我要来,我为什么非要找到他不可呢?即便找到了又怎样?如果他根本不想见我怎么办?守河大叔的一番话,令年幼的我醍醐灌顶如遭雷轰,放下自己虚构的同学之约,顿时感觉眼前一片光明,全身一阵轻松。

夜深人静,月亮照亮黄河滩上的积雪,照亮冬天的芦苇地,也照亮了火塘里的一块木炭,火塘上炖着一盆香喷喷的黄河鲤鱼汤。

第二天,守河人带我看了黄河入海口的日出,看了军马场,看了采油树,还看了野兔隐藏在雪中的洞穴。

E

如今,三十多年过去了,公元 2019 年 9 月,我随作家采风团来到黄河口一带的利津县,当乘坐的丰田考思特中巴车行驶在黄河大堤上时,我的目光投向遥远岁月的深处,那个冬夜小屋的火塘又在黄河上空清晰浮现。车子在平稳向前,四周是果实累累的秋天,大地上飘荡着浓郁的草香和酒香气,人们在说说笑笑,但我脑海的天空一片漆黑,似乎一切都被往事屏蔽了,只有守河人那低哑深沉的嗓音在我耳边钟声一样响起:"孩子,等明年的春天你再来吧,春天的黄河口开满了野花。"

还有他唱的民谣:

噜噜纺棉花,一纺纺出个大甜瓜,爹一口娘一口,一咬咬了孩子的手。

河灯

春天,我驱车来到鲁西平原,在一个陌生的村口停下来。我发现这是一个古朴的村子,通体散发幽寂的气息,夹带着一股柴草被烟火熏燃的气味。

村口有一座石碑,一条长木板凳,七八个人。事后得知,这几位村民中有两个铁匠,一个木匠,一个会捏泥人的老奶奶,还有一个哑巴——他们都老了,正蹲在废弃的石碾前晒太阳。

大柳树伫立在村口,应该有百余年的树龄。阳光白得晃眼,照耀着刚被小雨洗刷过的村路,风吹落一地的枯枝败叶,但路面上没有多少灰尘。坑塘里的矮柳,绿油油的,一个头戴鸭舌帽的小伙子,牵着一匹枣红马走过去,这个镜头被我悄然捕捉。

我把车停稳,从车子里走下来,细细观察打量这个古老的村庄。直觉告诉我,这样的村子合乎我的气味。两天来,我沿着故乡的河流奔波,企图找到一个像样的旧村落,里面住着淳朴的乡亲,他们依然过着从前的生活。但往日的画面早已从人间蒸发,像一个恍惚的梦境——十多年前,平原上的田地已无须耕作,整个沙河镇上的村庄,看不到小麦和棉花,统一改种经济作物,随处可见的是蔬菜棚、动物和家畜养殖场。这不,脚一落地,就从空气中闻到一股淡淡的鸡粪味,这是从附近的养鸡场传递过来的。

像一块旧砖被搬走,平原上一夜间多出一个个崭新的村庄,是一些整齐划一的房子,夹杂着几幢高层商品楼。远远看去,根本不像村子,倒像是小镇上的生活小区。新诞生的村子统一规划,一律的水泥建筑和砖瓦结构,连门窗尺寸都惊人地一致。自此,那些种植庄稼的乡民住进了楼房。我看了稍稍不安,想着他们还能不能继续种庄稼呢?收工后那些农具摆放在哪里,耕田的牛在何处归栏;被雨水打湿的斗笠,要挂在哪一间屋子的墙上。我还担心有一天,满地的鸡鸭猫狗会不会从平原上消失。

作为游子,我怀念往日的村落,这当然与我固执的乡土情结有关。我是从故乡老式的村庄里走出来的人,新东西自然有诸多好处,但它没有旧年月的地气,没有人与牲口在日子里滚爬的包浆,烟囱与柴火把房屋熏染涂改的痕迹,没有干草垛和牛粪堆,村头溪畔,大片的围栅,梨树林和葵花地,以及月光里荡漾着的一汪狗尿。孩子们出生后,第一眼先看到一缕油灯的光线,第二眼就看到屋梁和灶膛。

回忆起来,我的童年伙伴大都在土坯建造的黄泥屋里出生，蹒跚学步时深一脚浅一脚，在土地与野草织就的地表上，被风刮倒，被瓜藤绊倒，被夏天和野生浆果涂黑嘴巴，举着刈草的镰刀朝太阳的方向奔跑。孩子们在变幻莫测的天气里孤独惯了，在大片的田地，两只漆黑的眼睛像两片树叶，一抬眼就能看到蓝天上的白云。天空的云朵堆积如雪峰，时而静默，时而在峰尖上出现一片湖，有时则如一片森林。那时候，我们经常凝望着云朵遐想：远方是什么样子的呢？美丽的夕阳下，是一堆燃烧的篝火，还是一片沸腾的群山？

夏天的原野，平静的太阳下有时突然响起一声怪叫，像雪崩，像野牛的发怒，像风的低吼，但究竟是什么，谁也不想刨根问底，要问就问那一片起伏不定的青纱帐吧。人们想，好好地活着，知道那么多事情有什么用途呢？反正一切秘密都在神灵那里掌握着，有些事情知道了还不如懵懂点好。

乡亲们一年到头都在田野里出没，日出而作，日落而息，日子过得都差不多，因此没有太大的攀比。冬天虽然寒冷，孩子们却可以在下雪天玩耍到夜半，捉迷藏，追野兔，掏鸟窝……这些温暖细腻的往事，组成了一个人一生中最难忘的回忆，长大后依然可以用一根火柴点亮盏盏河灯。

乡民们无法想象城里人的生存状态。有人到城里走了一趟亲戚，回来便搞得全村的人心神不宁了，好一阵子才会平息下来。他们只知道城里人的时间金贵，但不懂城里人也有诸多焦虑和烦恼。城市像一个幽深的迷宫，有一道道长廊。

大雪纷飞的冬天，闲下来的人们互相串串门，打打牌，喝喝酒，过节时才舍得宰一只鸡或一只羊，改善一下生活。村里的酒鬼们，总是在村路上东倒西歪地行走，嘴里发出大大的声响——嗝！远处的河滩，便有很大的回声，落入伸手不见五指的夜，落到树的铁枝干上，以及散发着谷米和羊粪杂糅气味的磨坊里。

常常，村民们见到村子里突然来了外乡人，目光里流露警觉，是一种明显的排斥感，盯住对方问这问那，生怕这个人是从局子里逃跑出来的通缉犯。但只要对方一表明自己的身份，递来一支劣质香烟，人们就会露出张张魔术般的笑脸。众人簇拥着外乡人，掏出火柴，互相点烟，情景和气氛的突变让空气微微颤抖。但这就是平原上我淳朴和透明的乡亲雕像——他们看到伸过来的友善，就一定会递上自己一双粗糙真诚的手。天黑下来，大队部的木桌上，早已摆上喷香的菜肴和一壶温热的地瓜酒。那时候，一个陌生的外乡人，可以在村子里住上好几个月甚至更长的时间。

如今，多少年过去，平原上的村庄发生了惊人的变化，陈年旧迹几乎荡然无存，老房子一天天变成废墟，被渣土车拉走。许多东西飞速消失，许多东西又在快速生长——我站在故乡的河岸上，看到远处驰过箭镞般的高速列车，它在风中发出巨大的轰响,仿佛裹挟着暴风雨和泥石流的一道狂飙。它们不理睬马车的尖叫与感伤,自顾将贫穷和荒凉的月光碾碎。我知道,眷恋与怀旧注定是游子们稀释乡愁的凭吊桥段。事实上,面对从前的物事,除了用目光送行还能怎样呢?一切在时光里的变迁,人们留不住,因为新日子正滚滚向前,不可阻挡。而旧日子像一盏盏春天的河灯,正顺水漂远。

瓦和沙

有一条土路令人记忆犹新:夏天的夜晚,月光照得整个村庄惨白,树叶瑟瑟作响,嘶鸣的蝉声似乎给周围增添了闷热的气流。由于干旱日久,村东的土路上堆满了细小的沙土,我们把脚丫子伸进土里,当脚趾探入深土的瞬间,有一种被神抚慰的奇妙感受冉冉升起——细腻的沙粒,像水一样在指缝间潺潺滴漏,挟持着被日光晒过的温度,迅速穿越身体每一个敏感的毛孔。

成年之后,每当我回忆故乡的河流、人与事物,这一捧细沙带给我的快慰,总是率先浮出水面,它们在记忆的泥塘里开出一朵白荷,根部是一串残缺的藕。

如今回忆起来,那时候的乡村布满残缺的痕迹:物质是残缺的,精神世界更为残缺。我眼里的童年,残缺的事物随处可见,天上的月亮是残缺的,砌了半边的屋舍是残缺的,被风拆散的马车是残缺的,以及残缺的水缸、瓦片、陶罐和雨水。当然,最本质的残缺是爱的残缺——在寂寥贫乏的夏夜,村子里时常爆发一场又一场激烈的争吵,此起彼伏,刮风一样急促和密集,随之而来的是阵阵哭嚎声。

乡村的夜晚，是各种声音的制造场：如果你呆立在某一幢废弃的墙头旁边，会听到若有若无的细小的流水声，听到一阵捣米声，浣衣声、小声的咕哝嘁嚓声，以及责骂声、碗的破碎声，甚至木棍的断裂声。第二天，如果留心观察，会发现大路边和屋舍后，到处是倾倒的炉灰和碎瓦，还有空酒瓶。

在许多个露水洒落的清晨，我曾经无数次扒开一处篱笆和藤萝缠绕的院落，绕到屋后去捡拾碎瓦，它们大多来自乡村的粗瓷碗，窑工们烧制时只强调它的实用功能，上面既没有手工描绘的青花图案，也没有哪怕一朵粉彩小花。我知道，每一片碎瓦碴都与昨晚某个孩子的哭泣有关，与贫穷和缺席的克制有关。在村子里，哪怕遭受微小的损失，这家人都有可能爆发一场野蛮的战争，把饭碗摔碎——这其中隐含着多么巨大的无奈。除了惩罚那些在白天惹了祸或者不听话的孩子，也有某个醉汉的酒后发泄，掀桌子摔板凳，伤及无辜。

挨了父母责骂的孩子往往会饿着肚子跑出家门，在伙伴们面前，他会悄然擦去眼睛里委屈的泪水，藏起额头上的肿包、肩头的青淤和疼痛，取而代之的是换上一张佯装无事的笑脸。值得庆幸的是，他可以奔向村头那段发白的土路，用一捧温暖的沙进行疗伤，让沙的热量一丝丝地弥漫周身，将哀伤覆盖和吸附，仿佛进行一场宗教般的沐浴。

在旧乡村，瓦和沙构成了事物的两端，一端连着暴力，另一端连着大地恩赐的怜悯和草木之爱。那时候，有一点微小的人间之爱都会让人热泪盈眶，可以迅速起到止血的作用，给肉体和心灵的伤口打上一块补丁，哪怕是一碗粥，一根火柴，一句从风中飘来的话语。

在那条土路上，除了沙，我们还遭遇过许多令人惊惧的事情：有一次，我们在明亮的月光下看到路中央躺着一根草绳，争着跑过去把它抢在手里，才发现是一条蠕动的蛇。

墙上的洞

中午,绕过西厢房,我去屋后的青草垛里看小人书。阳光强烈,只能眯起眼睛走路。像往常一样,我在草垛上半躺下来,翻开画册,进入故事叙述的情节中。但当无意间抬头,我发现远处的土墙壁上突然出现一个黑洞,像一只黑眼睛,正十分诡异地盯着我,似乎还翻着一个白眼珠。

这时候,人身上天生的好奇心发生效力,于是,我轻手轻脚地朝黑洞走去,欲看究竟。那一刻,我如履薄冰,心怦怦直跳,整个世界都静下来,可以听得见远处有一只昆虫正开足马力撞击窗棂的声音。我脚底绵软,朝黑洞目标悄然靠近。整个过程中,我的脑海里兀自冒出许多画面,它们与传说中的金银财宝有关,或者与某一桩秘密事件有关。

阳光把周围的一切照得更加幽暗,晒干的草垛芬芳四溢。

经过两天的观察,我发现墙壁上的洞里似乎有一些细微的响动,窸窸窣窣,就像从水缸里发出的声音,那声音是如此弱小而又神秘,类似于深夜被风掀动的一片落叶。

不知怎的，我一边感觉兴奋，一边又心怀惧怕。

在童年的乡村，一个偶然发生的事件足可以改变人的命运，比如南街的一个孩子在老屋的地下挖出满满一大坛银元，主动上缴了大队部，他因此获得村里的表彰，免试上了镇中学，成了全镇孩子的仰慕对象。

有一年夏天，村里一位叫朱八的青年人，从沙河里捞出一条会唱歌的怪鱼，有人说朱八捞上来的是极其罕见的美人鱼。消息传开，一下子轰动了周边三四个村庄，人们络绎不绝地前来观瞻，精明的朱八一家早已把怪鱼藏匿起来，排队购票后才能饱一下眼福。虽然票价只有区区五分钱，但在那个年代也让他一家人迅速发了一笔小财。在那一段时期，人们经常看到朱八家的烟囱里炊烟袅袅，三天两头的烀牛头、炖猪下货，肉香弥漫村庄，惹得村民们无端地流了许多涎水，其直接后果是眼瞅着去沙河里捞鱼的人多了起来，一度达到了"哄抢"的地步。当然，除了几条泥鳅和一些小鱼小虾，再也没有人捞上怪鱼，幸运的朱八只有一个，仿佛世上的怪鱼只有一条。

事实表明，神灵对万物所持的态度是公正的，人的贪欲越强，幸运之星降临的机会就越少。而在整个童年时代，天生胆小如鼠的我历来感觉幸运与我无缘，对世间的事从不敢作非分之想，即便是面对墙壁上出现的一个神秘黑洞，也不敢独自享用——万一是个天大的秘密呢，一旦被我捅破，无论是福是祸，我都无力承受。

每天，除了照例去草垛里读小人书，我都会悄悄地来到墙洞下，静静地谛听和观察一会儿，仿佛黑洞里隐藏着另一个世界，它或许比现实的世界更加单纯、明亮、温暖，如一场细雨对小草的呢喃。

就这样，在狐疑了七天之后，我决定把这件事悄悄告诉哥哥。

我哥哥当时正端着一只海碗喝玉米粥，他长得健壮如牛，食量也大得惊人，他一顿饭可以喝五碗粥，因此人们看到他的肚皮总是胀得圆圆的，像一面牛皮鼓，无论敲击或弹奏都会发出一阵激荡人心的声音。而且，他喝起粥来动静很大，旁若无人，像一台强力收割机横扫一片庄稼地。见我支支吾吾了半天，他忽然听出了什么，瞪大眼睛问："什么洞？在哪里？" 当然，手里的碗仍是没有放下，半碗粥还冒着热气，散发一丝蒸熟的胡萝卜味道。

我说："在西屋后面，草垛旁边。"

我哥哥眨巴了一下眼睛，迅速放下了手中的碗，起身转向灶火间，找出一把掏炉灰用的铁钩子，拉起我的胳膊就来到了西厢房，双脚站立在了那个折磨了我一周的黑洞下。

他吩咐我把院子里的一个树墩子搬过来垫在脚下，踩上它就能俯视黑洞口里的一切。只见他手持铁钩子，探入洞中，三下五除二地就把一个"惊天"的秘密破解了：原来洞里隐藏着一个鸟窝——两只老麻雀和五只小麻雀。

奇怪的是，两只老麻雀进进出出地哺育幼儿，墙根下竟然没有留下一粒鸟粪，也没有发出暴露目标的鸟叫声。这让我觉得，这是很聪明的一家子，如果不是墙上的黑洞，没有人会想到这里隐藏着一个正在繁衍的家族。

哥哥哈哈大笑，一面从树墩上跳下来。

望着散落一地的草茎和羽毛，我在心中泛起阵阵懊悔，顺手捡起两只碎裂的蛋壳。

瓮：新麦地

除了池塘里的蛙声，村前还有一片新麦地，我爷爷是这片新麦地的主人。印象里，他起早贪黑，肩扛锄头，往来于池塘旁边的家与新麦地之间，把一条小路踩得又白又亮。

那时候，村里人要先从事集体劳动，大家一起干活挣工分，大片的田地是集体的，人们一年四季都在耕种，秋天收了粮食分给村民一部分，余下的用来缴公粮。而新麦地则属于自留地，是集体之外分给个人的土地。每家每户都有几分这样的自留地，有的种烟叶，有的种瓜菜，也有的用来荒着，长满了芦荻草。

我爷爷是个闯过关东见过世面的人，他太爱惜土地了，舍不得让一寸土地荒废掉。因此，他总是聪明地充分利用季节的时间差，在麦地里套种其他植物：黄豆、玉米、西瓜之类。他最擅长的是在麦地里套种西瓜，以一米左右为一带做畦，在大畦上种植六行小麦，再在小畦上种植两行西瓜。

现在想来，土地在爷爷手里，就是一块泥巴团，可以任意由他揉搓和摆弄,像一只碗打碎了再和成粉末,放到火窑里烧成一只新碗,或者一只烛灯台。

当六月麦收过后,西瓜也进入了生长成熟期,空气里到处弥漫着甜丝丝的气息。爷爷便在新麦地里搭上一间草棚,晚上睡在新麦地里看守西瓜。当时,西瓜地是最容易招贼的了,在一些毛贼眼里,偷一只西瓜远比偷一袋粮食有趣得多,即便抓到了也不太丢人——在他们看来,西瓜圆滚滚的模样这么好看,原本就该是被盗了吃的。另一个重要的原因是,西瓜们长在荒天野地,比较容易得手,人在月光下趴在西瓜地里,朝一只西瓜匍匐前行的感觉也比较刺激。

是的,话说至此,正是在那个时期,我无意中发现了爷爷平添了一个新毛病——那天中午,我提了饭篮子去新麦地给他送饭,穿越池塘边的一片花楸树,绕过一道小溪水,远远地看到了亲切的茅草棚,草棚外两根黑漆漆的木桩像两个人影子,晾衣绳上晒着西瓜秧和爷爷的老汗巾,而从风中飘来一阵呜哩哇啦的人语:"嗯嗯,好着哩,俺好着哩!""大娥子,你和孩子们都好吧?……那就好。嗬嗬。"

我一听顿时惊呆了,手中的饭盒差点失手落地。因为大娥子是我在东北吉林公主岭生活的一位姑奶奶,是爷爷最小的一个老幺妹,她的居住地与故乡沙河镇相距近两千公里。难道她从东北回来了?唔,不可能。我当即摇头。慢慢走近草棚子,才发现是他一个人在嘀嘀咕咕地说话,还很投入地打着手势。——自那以后,我知道世界上还有一种人会在孤独时自言自语，呼朋唤友，或怀念故交。这种人我在后来的人生中又遇到过几位，他们多半神经不太好，但我爷爷属于健康正常的一类。事后得知，因为看守瓜园要吓跑小偷，他才平添了这个毛病的。有时他睡着了，还仍然可以磨磨叨叨地说话，远远地听上去，像是一群人在说话。岂止说话，他还能在昏睡状态下讲述一个长长的故事，故事里反复出现的物象是一口瓮。

马灯里的雨

春天里,有个病男孩原本就睡得迷瞪,面对一场雨的到来没有任何预防,他甚至还以为是在梦境中行走,穿山入林。推开窗棂,天空很及时地打下一道闪电,它照亮了村庄里的一切:荒凉的土地,苏醒的河流,稀疏的树林,低矮的屋舍,简陋的马槽,一条正在惊恐逃窜的草狗——狗转过头来朝向他的刹那,他看到了一双琥珀色的泪眼。

而当他睁大的眼睛企图搜索更多的事物时,闪电熄灭了。

好在,第二道闪电很快被神灵点燃,雷声也鞭炮一样炸响,雨水倾泻而下。在第二道炬光的照耀下,他看到天空有一块镶着金边的乌云,乌云里有一辆马车。马车从天而降,飘落到村头那条最宽敞的乡路上,拉马车的是一匹英俊的白马,车厢里是几麻袋棉籽饼。

是的,你猜到了——在时间的深处,黑黝黝的村庄里,这个手扶门框耽于幻想的七岁男孩就是我。

一大早,人们照常出工,到田里劳作,春天的农活无非是给麦苗浇水施肥,或者用犁耙翻弄土地,远处的树林里传来阵阵布谷鸟的叫声。这时候，太阳突然隐匿了，屋内比黑夜更黑，散发一股腐烂麦草的气息。雨让天空暗了下来，人们出现了视觉上的错位。雨让整个村庄都笼罩在一片模糊的阴影里，磨坊和蛛网都在轻轻摇摆，像一幅荡开涟漪的水墨画。

我还记得在雨的背后，是隐秘的花蕊，枝头的青杏和沟畔柔弱的穗芒，以及房前屋后的荠菜花、紫地丁和车前草。当然，春雨过后，田野里的事物也被随之改变：坟茔被雨水冲刷，有的长满了青草，有的则露出了棺材板和白骨。

而我当时正在生病，被爷爷圈在家里不许出门。印象中是比感冒更严重的疾病，具体的名称却忘记了。我只是感觉头比平时大出一倍，像戴上了一顶漏斗，还嗡嗡响，有成千只蜜蜂在我耳边飞翔。因为感觉头大，走路便跌跌撞撞地打趔趄，有几次撞在院子里的梨树上，撞得眼前金星四溅。

人生病了便格外嘴馋，什么都想吃却又吃不下，尤其要命的是，再好的食物也变了味道，吃到嘴里根本不香。在生病期间，前街的二婶送来了烙鸡蛋饼，那可是我平时做梦都想吃的食物，但我吃了几口就吐了出来。爷爷和二爷急得团团转，生怕他们的孙子性命不保，那样他们将无法向在外地工作的儿子交代。在那些天，他们整天趴在我耳朵旁边问："想吃啥？吃啥就说。"我咳嗽着，小脸蜡黄，只是摇头，他们的眼睛里便流露恓惶和担忧。

有一次，我突然馋一种食物："燎麦穗"——就是麦子还未成熟时,用火烤熟的青麦粒。

两个爷爷一听就傻了眼,因为时令刚过惊蛰,田里的麦子刚刚抽穗,而催熟术当时还没有诞生。

另一次,是突然想吃棉籽饼,爷爷们听了都表示不解,齐声说:"有毒呢!"我就说是去年村里的张二驴吃着一块棉籽饼故意馋我,老远就闻着香。这一次,爷爷们妥协了,连夜冒雨分头去寻找棉籽饼,最终是二爷披着蓑衣进屋,手里拿着半块饼。爷爷看他全身都是泥水,就问:"摔倒了?"二爷咧咧嘴,说:"回来路上,雨太大了,一跤跌到水沟里了。"爷爷骂了一句:"笨!马灯呢?""被水冲走了。"二爷一脸沮丧。

当晚,我拿着二爷从生产队仓库保管员处要来的棉籽饼,只吃了手指肚大的一小块,就拒绝再吃了。坚硬的棉籽饼实在难以下咽。

值得一提的是,第二天,爷爷从水沟里捞出了二爷丢失的那盏马灯,它被我收藏至今,摆放在书房的一角。马灯里有时间和一场雨的较量。

勾魂戏

过了春节,日子进入漫长寂寥的乏味期,人们在心里隐隐期盼着一个仅次于春节的热闹场景:说书唱戏。

除了县京剧团,来乡下巡演的还有一些外县和外省的草台班子,他们赶着马车,走街串巷,每个演出团由二十来个红男绿女组成,一起说说笑笑打打闹闹地让村里人艳羡不已。村里人不太计较戏班子的来头,只要演得好唱得妙就会献上掌声,并为之沉迷与倾倒。天气转暖,积雪消融,狗在村口汪汪地吠叫。唱戏的一来,蛰伏一冬的人们倾巢出动,拿了板凳、马扎子,早早占好座位,有的人兴奋得连晚饭都不吃,就来到宽阔的场院地,分享一场精神盛宴。那一刻,再勤劳的庄稼人也会放下手中的活计,心甘情愿地被一场戏俘虏。

当时,上演的剧目自然是现代京剧八大样板戏为主:《红灯记》《沙家浜》《杜鹃山》和《智取威虎山》,它们成为六十年代出生的孩子们一生的情结,尽管过度脸谱化的人物剧情不尽完美。时光到了七十年代末,一些传统剧目陆续解禁,剧中被时代遮蔽的历史粉墨登场,大大颠覆了人们的认知:黑脸包公、红脸关公、白脸曹操、罢官的海瑞和杨家将家族,都从某种程度上激发了人们的壮士情怀和革命斗志——戏班子走后,眼瞅着村里舞刀弄棍的人多起来,弄得鸡飞狗跳,一时不得安宁。

紧接着,一批才子佳人们溜飒飒地来了——贾宝玉、林黛玉、崔莺莺、张生、杨贵妃、貂蝉、虞姬……正是从这一幕幕古老的戏曲里,村里人知道从前的人管丈夫叫"相公",管老婆称"娘子",大户人家的姑娘都叫"小姐",有学问的人称"先生"。相比之下,眼下的称呼就显得土气。经过一出出戏的洗礼,村里最突出的变化是在路上哼小曲的人多起来,女人们开始在镜子前轻施粉黛,练习兰花指。与此同时,"娘子""官人"的长腔在村子上空飘荡,真是嗲得要命,酸得倒牙。

"哎,这是让戏勾了魂哩!"村里的老人看不惯,发出类似的哀叹。"——还过日子么?甭忘了咱是庄户人,两腿的泥刮下来能烧块砖,还摆兰花指!"

老人的警告无济于事,他们不知道,一个压抑已久的村庄,像一片饥渴的麦田,期待一场暴风雨的到来,像期待一出勾魂戏。

印象里称得上勾魂戏的,要数《梁祝》,这出爱情戏创下了在村子里演出时间最长的纪录,连续唱了七天七夜,惊动了沙河镇的四五个村庄,一天两场,累计演出十五场。

"百看不厌哩!"人们互相传播,窃窃私语地述说着剧情,人物的唱腔,一颦一笑,都在争论与评说之中。有趣的是,梁祝化蝶不过是一则民间神话传说,人们却坚信不移,认定是一件真实故事的发生,以至于大人孩子都纷纷到田野里去捉蝴蝶,捉到的蝴蝶不是用来赏玩,而是当作梁山伯与祝英台的化身,和灶王爷一同供奉。无奈蝴蝶是不易饲养的自由生物,很快绝食死去一批,又引起一片恐慌。怕遭来神灵的责罚,大队部一声令下,全村捉蝶者一律放生,不得有违。一时间整个村庄上空,都是漫天飞舞的蝴蝶,夹杂着人们对唱词蹩脚的模仿:"梁兄——梁兄呀!"

在那些勾魂的日子里,整个村庄像是被施了魔法,陷入一种缠绵悱恻的气场里,人人都悲苦着一张脸,见面也不再打招呼,而是点头微笑而过。那些飞越房顶上的鸡,歪斜着身子走路的鸭子,默默吃草的羊,甚至连池塘边的柳树,都像打蔫了似的害了相思病。而从场院地里,一只大喇叭筒里,正像撒农药一样把勾魂的唱词撒向村庄上方:

"啼啼哭哭到灵前

今夜我要伴哥眠

同学三年六个月

左右不离哥身边

一旦分离到九泉

哭声梁兄叫声天

快显原形到灵前"

戏一时收不了场,大队部便决定加演一场,仍是难以满足广大群众的需求,结果一下子加演了三场。这出戏惊动了镇上的领导,领导来看了一场,第二天又来了,于是大队部决定继续加演下去。

在那一个时期,戏班子成了村里人的上帝。人们把生产队饲养了多年的黑猪杀了两头,用来招待辛苦卖力的演员们,每天好酒好菜地伺奉,像众星捧月般,不敢怠慢分毫。

最后,说点扫兴话。戏唱到第七天时,草台下出现了一场骚乱事件——这场骚乱让演出就此终止,画上一个不太圆满的句号,也让全村人从迷醉中清醒过来。事情的起因,由两位年轻人引起:村子里一个叫王小鱼的青年,当时正在和镇邮电所的一个姑娘谈恋爱,这天他约了女朋友一道来看戏,早早占下前排的好座位,结果与人起了争执。

在贼亮的嘎石灯下,人们看清对方膀大腰圆,戴着一副风镜,身后跟着两位光头弟兄,人们喊喊喳喳地议论,此人是镇上著名的青痞,外号黄三枪。争执之下,王小鱼自以为是本村人,哪肯示弱,一头朝黄三枪撞去,黄三枪似乎早有防备,微笑着顺势倒地,倏忽间一个鲤鱼打挺,起身,用右手掏出怀中的火枪,朝王小鱼的脑袋从容地开了三枪。

从前的故乡

大年初三,冒着阵阵春寒,从茌平县城出发,驾车一百多华里路,我来到故乡沙河镇。这里是我人生的起点——出生地,但如今已经很难将故乡二字与之联系,因为变化远远超过想象,童年旧景已经绝迹。

我是在紧临沙河镇的金村庄出生的,至今记得小时候,爷爷拉着我手去镇上赶集,路两边是绿油油的田野和高大的树木,沙河就在附近,听得见河道里的水声,遇到阴雨天气,河水泛涨,时常淹没田地里的庄稼。夏天的两岸,是白茫茫的一片水,有野鸭子在水里嬉戏,扎下猛子捉鱼,动静挺大。而远处是瑟瑟林立的青纱帐,红高粱、玉米地、芝麻棵、西瓜地……那是真正的田园,无须半点修饰设计。到处是水,淹没了一些野生灌木。我至今也不清楚水是从哪里来的,地处平原,按理说存不了多少雨水。正因为此,才使得整个镇子有了湿润的地气和灵性,空气中到处飘荡着植物和农作物的混合气息,闻一闻就觉得生活十分美好。整个童年时代物质都严重匮乏,但内心始终充溢着快乐,尽管这快乐是有许多附加说明的。

如今,城市化运动的进程,几乎涉及内地乡村的每一处角落,沙河镇自然不能幸免,目力所及,到处是开发痕迹,断壁残垣,旧砖碎瓦,废墟之上矗立着挖掘机长长的利爪,近乎强暴地扫荡了乡亲们千百年来的生存载体。"把农民赶进楼房"的时代指标正在加速实现——而乡亲们似乎并不买账,在牢骚满腹地讲述着各自遭遇的不公,而且我有一个惊人发现:就像当年的快乐一样,对生活的不公感也是互相传染的,比如某个老乡对拆迁补偿满意,甚至打算摆酒庆贺,结果晚上来了几个邻居一番撺掇,大讲所谓暗箱"内幕",其立马改变态度,加入抗拆的行列。面对乡亲们的陈述和种种遭遇,像一团乱麻,我听了只感觉复杂无奈。造成此局面的原因太多,其中有政策的暗角,也有私欲作祟。孰是孰非,我无法做出立体而无偏差的判断。但有一个问题令人不安:土地没有了,还叫农民么?把这些祖祖辈辈与土地打交道的人供养在楼房里无所事事,靠打牌喝酒打发人生的剩余时光,无论如何都不是好剧本的故事结局。

在生养了我的沙河镇金庄村,我的童年伙伴大都南下打工,有个孩子王早在十多年前自杀身亡,据说是喝掉了满满一瓶子叫乐果的农药。当年最要好的一个伙伴却始终在村子里生活,成了蔬菜大棚的种植户,来到他的家中，寒暄过后，令我难堪的是，我们居然相对无言，以至于出现冷场的尴尬，话题不知从何处说起。他指着客厅里的沙发说："瞧，这是我新买的沙发……"一阵疼痛感瞬间滚过心头，让我欲哭无泪，在心里说："兄弟啊兄弟，一切都变了。"

是的，世界变得不再好玩，物质是个多么强大的魔鬼，它渗透污染了人间的每一处角落。返回的途中，我一路沉默，忍住内心的撕裂。从此，我将没有故乡。田园荒芜，河流枯干，故乡死了。无论是对这片土地，还是土地上的生灵，我们都已经难以构成对话，丧失了共有的语言。一度，我怀疑自己敏感，还有点矫情。如果仅从物质生活层面判断，乡亲的生活明摆着是好了，衣食无忧，还有存款盈余。而且，时间都哪里去了？时间哪儿也没去，一直好好地存在着，时间没有尽头。责备时间的人是无知的。其实是生命的格局和性质改变了。无非是身体的安置问题，从土房子迁到了楼房，耕作的牛被机械取代。所谓的发展加快了步伐，环境、空气和水源也随之被污染。其最直接的改变是乡村原生的风貌和物景消失，旧乡村里好玩的人和事几近消亡。

我知道，这是人类共有的悖论，诚如昆德拉在他的小说《慢》中所言："慢的乐趣怎么失传了呢？古时候闲荡的人到哪儿去啦？民歌小调中的游手好闲的英雄，那些漫游各地磨坊,在露天过夜的流浪汉,都到哪儿去啦?他们随着乡间小道、草原、林间空地和大自然一起消失了吗?"

结论:世界好好的,时间也没有跑远。除了灵魂,我们什么也没有丧失。啊,请原谅吧!请原谅我的虚无主义。

包着红头巾的小白杨

除了上学路上的养藕塘,我一直对郭高中学保留着温馨鲜活的记忆:通往校园的土路是宽阔明亮的,路两边有两排高大光溜的白杨树——踏上鲁西平原,无论在原野或河岸上,它是视野率先触及的独特景观。夜晚,密集的繁星在树梢上跳跃闪烁。

春天来临,白杨树的圆形叶子被风吹得哗哗作响,随之摇落一地毛毛虫似的杨树芒。放学时捡回家,可以挂上面糊蒸食或煎炸,味道和榆钱、艾团叶子、扫帚菜、马齿苋属于同一谱系。当时,我们家寄居县城郊区的魏庄,只有在过节或偶尔改善生活时才能吃到冬瓜炖肉、大米饭和白面馒头。当我把杨树芒拿回家,母亲特意到集市上买了一条五花肉,酥了一锅海带,又把杨树芒用开水一焯,拌上蒜泥,全家人狠狠地饕餮了一回。这是我少年时代吃得最香的一次美味。

春天最早的杨树芒很快被全校百余名同学争相捡拾殆尽,有人还爬到树上去采,一边欢呼雀跃,我很羡慕那些会爬树的同学。待春深时分,杨树芒就老得不能吃了,眼巴巴望着它们从树身上滚落下来，在路畔的沟里堆积成团，像一窝黑色小动物。一天，有个爱搞恶作剧名叫王新军的同学悄悄对我说白杨树的叶子也是可以吃的，他们家常吃。起初我并不相信，因为前所未闻，还怀疑他是捉弄人玩儿，但终是忍不住对食物的诱惑，就在放学后佯装赶作业，等回魏庄的同伴们全部走光后自己悄悄摸到校舍的后院，暮色已经笼罩四周。我知道那里新栽着一片小白杨树，钻进茂密的小白杨林，可以不必爬树就能采下嫩绿的叶片。夜晚来临，月亮升上空中，成千上万的小白杨叶闪闪发光，像是沾满了露水。在采摘叶片的过程中，前额和眼睛不时被叶子遮挡触碰，植物的苦涩气息如此沁人心脾。采了满满一大袋子白杨树叶，心满意足，知道天太晚了母亲牵挂，急忙一个人摸黑回家，路过养藕塘时听到沼泽里有唧唧咕咕的声音，从书包里掏出手电筒一照，发现是两只刺猬，它们原本正在拱地皮，当光柱打过来就不动了，其中一只机灵些，瞪起黑溜溜的小眼睛诧异地朝光柱射来的方向瞅望，模样憨态可掬。我笑了笑，关灭了电源，眼前顿时一片漆黑。我就这么摸着黑走回了家。母亲刚刚从我的同学家回来，她是去打听我的下落。好在同学没有向她传达令人不安的消息，说他回来时看到我正在赶作业，这让母亲放了心。餐桌前的油灯泼味燃烧着，一家人正围坐在一起就着腌萝卜条啃红薯，喝玉米糊糊。害怕母亲数落，我急忙把那一袋子嫩绿的白杨树叶倾倒出来，说这东西如何好吃，还提供了具体烹饪方法。听说杨树叶能吃，一家人都感觉很怪。母亲说:"快吃饭吧,如果你爸爸今天回来了,你就得挨训了。"

在那个年代,多数人家中唯一的电器就是手电筒,条件好些的,也至多有台收音机,摆在桌上当宝贝,上面还盖块老粗布。我父亲是县委办公室的干部,唯一的优越是比别人的手腕上多了一块机械手表,这说明他的时间比一般人金贵。他整天在单位忙碌,今天参加最高指示学习班,明天参加斗私批修会,只在周末才回家一趟。在当时,他严肃刻板,很不好玩。奇怪的是到了晚年,我发现他也幽默,酒桌上语言丰富滔滔不绝,说起陈年旧事来如数家珍,但父子之间的情感格局早已铸就,对他的言论我已经不能买账,偶尔还心下不屑。一切都晚了,时过境迁,无论多么高深的言论都已经不具可操作性。但我从不当面反驳他,只是点头附和,对其忠心耿耿的一生表示出足够的尊重。

在郭高中学读书的四年时光,为数不多的快乐都是自发性的,懵懵懂懂地陶醉于一片臆造的乐园,包括玩泥巴式的暗恋和偷采白杨树叶的喜悦。此后,我又无数次地去过校园后的那片小白杨林,印象中有一次是夏天的中午,同学们都躺在书桌上午休小寐,我悄悄地捅醒了一位男同学,神色诡秘地约其到小白杨林里玩,两个人在那里吃了一听黄桃罐头。当时觉得罐头是世上最好吃的东西,一年里也吃不上两回。正午日头毒辣,周围响着蝉鸣,花草之上有蝴蝶和蜜蜂低飞,小白杨林里却很风凉。至于那一袋小白杨叶的故事结局如何,当我写这篇文字时,沿着记忆的小径一路走去，却没有翻检到任何踪影，不会骗人的舌尖，似乎也没有收藏其或苦或涩的味道。我甚至怀疑，它们被母亲随手丢置厨房后遗忘，时间一久，变成了一堆枯叶，结果只能是填灶膛。那么，这小白杨树叶究竟能不能吃？查阅百度，赫然有答案，曰："杨叶有两种吃法：一是洗净后放上点盐直接上锅蒸，有一种涩涩的香味；一是洗净后放上豆面拌匀，上锅蒸。这种杨叶一出锅，满屋飘香，百吃不厌。"

多年之后，当我读到苏联作家艾特玛托夫的小说《我的包着红头巾的小白杨》时，会不由自主地想起郭高中学里的一切美好过往，顿时感觉一阵清风扑面，双眸前有溪沟里的水潺潺闪亮。

即景：秋天的番薯田

孩子，你小小的脚丫一生下来就沾满了灶前的草木灰，听到窗纸被北风吹刮的呜咽声。那一刻，院子里的枯树枝站满了喜鹊，果园外的河道正在一寸寸地结冰增厚，爷爷们在牧场里忙碌，头顶是飞扬的尘土和冰凉的月光。

每天，那些母牛在牧场里，被挤奶工挤下好多牛奶，然后一桶一桶地装上马车，运送到遥远的城里。而这些健壮的母牛，是爷爷们精心饲养大的。从前，村子里曾经有过一个长得很好看的姐姐，因为追赶一头疯牛而被它踩伤在挂掌的铁蹄下。

哦！孩子，你想象不到，那些与你同时降生的城里孩子，他们的妈妈为了保持乳房的弹性和丰满，而让婴儿的小嘴儿吸吮着奶瓶——啧啧啧——

有许多孩子，喝不到妈妈的乳汁。听，他们吮吸牛奶的声音有多么惬意，多么响亮！这声音从早晨一直响到晚上，好像黏稠的雪，落满了村庄的草房。

亲爱的孩子，在无数个落雪的冬夜，妈妈的乳房已经被你吃成了一块嚼不烂的橡皮糖。风在吹，木门在响，池塘边跑着那么多虎视眈眈的大灰狼。

昨天来了好几拨人敲门,他们在推销奶粉,说:"买我们的奶粉吧,比超市里的便宜。"

妈妈把伸向钱包的手,改成了挥动的姿势。因为她早就听说,包装好看的奶粉远不如田里的番薯可靠。

一大早,妈妈就叫上小姑,背上你来到荒凉的田野里。妈妈说,喝着番薯面的糊糊,咱们的孩子照样会长高长大——会爬上树杈和墙头呼喊伙伴,也会牵着一条狗,给埋在前村的外公上坟,再采上一朵野花沿小路回家。

黄昏降临,烟岚遍地,秋月在谷垛口现身。亲爱的孩子,已经在挖掘过的番薯田里玩得很累很累。其实,整整一天,你都在用手玩一团泥巴,居然无意中捏出两座大山,你趴在地上,看了很久,想象了很久。因为,在荒凉的鲁西平原上是看不到山的,这里只有像血酒一样浓烈的日光。

这一天,妈妈和姑姑刨了五麻袋番薯,你们家的红色手推车,就停靠在爬满野草的大路旁。

此刻,我看见你躺在番薯秧上睡着了,布满红晕的小脸,被星星和露水装点得可爱又健壮,飞蛾和秋虫还在空中飞翔,纠缠一团。

而我,一个旅行路过田野的诗人,肩背行囊,四海为家,怀里揣着一个永远消失的故乡——童年的出身和经历让我忍不住停下脚来,对你仔细端详,并且在内心涌满神圣的爱怜。

下野地

遥远岁月里的鲁西平原，到处是纵横交织的河汊，田野上蛛网密布的光线，夏天的土路上清晰地留下了蛇爬行过的痕迹，紧接着是一场雷雨。高粱林立，水草遍生的土地之上，喂养着各种叫不出名字的生灵，人走其间，一不小心就会撞上它们。那一刻，人与物四目相接，双方皆怦然心动，不知如何应对，多半是在愣怔良久后各自走掉。黄昏，人踏着遍地乱滚的炊烟回家，摆放着简陋食物的餐桌上就会多出一个话题："今天，在田里遇到黄鼠狼了，它嘴里叼着根烟呢，咔咔地咳嗽，盯着俺看了半天。"

或者说："今天，遇到了一只秃尾巴大鸟，差点让俺用草帽扣住，结果一失手，飞了。"

显然，大凡在田间野地遇到灵物的人，回来都会把事情的真相加工一番，添油加醋，弄得神秘兮兮，异彩大放，真假莫辨。

多年之后我才明白，那时，聪明的故乡人就已经掌握了独特的宣传技能，过分的夸张虽有吹嘘之嫌，但却是引起广泛关注的重要手段，可以说，那就是最早的广告雏形。

镇上曾有一个捕灵高手，是个终身未娶的老光棍汉，他拥有一副高大的身材，走路时爱自言自语，一年四季只穿一件破旧的粗布长衫，好像到死也没有替换过。每当他步态从容地从街头走过，眼神里投射出哲学家的忧郁光芒。他的身后，始终撒播出一种古怪神秘的气息，而他的头顶上方，有一群昆虫翩翩飞舞，而他嘴里嘟哝的话，没有人能听得懂，有人说，那是他专门给鸟创造出的一种语言。

据传，他专门在夜间捕捉种种野物，手里时常拎着一条布袋，要么是一张渔网。夜深人静，他顶着一头秋天寒露，借着星光潜伏进薄雾铺地的荒野，一蹲就是一个整夜，但第二天凌晨，他总是会背着鼓胀的行囊回家，不用说，他已经满载而归。天还没亮，四周还是一片漆黑，人们从未看到过他在出太阳后回家，也许是他有自己的讲究，无论捕捉多少活物，都要赶在天亮前返回。

他缓步推开木门，立即会有动物们的声音叽叽喳喳地灌满耳朵，夹杂着动物粪便的气味，灶火的气味，被烟草熏过的土炕的气味，也许还有土房子的窗台上，那一双布鞋子散发出的气味。但正是这些简朴的气息，构成了乡村生活最基本的底色，是人类精神世界里最初的原料。

最神秘的去处是后院，那里是这个老家伙拿性命来捍卫的禁地，高高的院墙，养着几条凶恶的狼狗，据说还有两条真正的狼。如果从外面观察，只能看到后院里长着几十株高大的榆树，树枝上的鸟窝越筑越大，还有各种动物混杂一片的叫声。总之，镇上的孩子们谁也没有涉足过他的后院，可那里究竟饲养着哪些稀罕的动物呢？没有人能够说清。冬天的时候，老光棍汉会提着一只鸟笼子出现在街头，与众多在街上晒太阳的男人一起聊天，他语速缓慢，时常沉默，无法与众人和谐交流。他笼子里活蹦乱跳的鸟，既不是鹌鹑，也不是画眉，而是一只谁也叫不上名字的生灵。人们就问："这是只什么鸟？"

老家伙说："是'下野地'。"

这个鸟名人们从来没听说过，但老家伙是怎么知道的呢？乡人也不敢追究，大概是为了掩饰虚荣的无知。当时的我，作为一名孩童置身于现场，对人们的议论听得清清楚楚，记忆深刻。多年之后，我也始终不知道"下野"为何物，属于哪一物种的鸟类。我时常想，总不会是老家伙随口叫出的吧？

8岁那年冬天，我离开故乡到城里读书，隔了三年多才回故乡了一趟。对于这个神秘老光棍的境况，知之甚少了，只听我外婆说他终于疯癫了，成了个像木桩一样安静的疯子，从不伤害或辱骂乡人，因此还是很受乡亲欢迎的。可惜的是，他把后院养了多年的野物，在夜间驱逐到野地里全部放生了。那个夜晚，有人看到他驱赶着一群黑压压的怪物，其壮观场面就像是在驱赶着一群鬼魂。它们呜哩哇啦地在街上列队涌动，朝镇外的荒地走去，似乎都认得来时的方向。

不知怎的，最近我时常想起这个故乡小镇上的神秘人物，我知道他已经在人间消失多年，据说他拥有罕见的长寿，活了90多岁，而且死得安详平静。

直到今天，有一个虚构的情节在我的脑海里成为定格：深夜，他站在开阔的地带，月光与白花花的碱地泛出光芒，让他高大的影子重重地在天地间矗立成一块石碑，他破旧的粗布长衫在风中浮动，看上去仿佛在完成光荣的布道。这时候，只要他朝玄妙的星空念出一个心愿，那些潜伏在地下，那些飞翔在空中的生灵就会跑来，心甘情愿地被他捕获，成为他幸福的俘虏。

人有病,天知否

> 疫情终会过去,静候春暖花开时。

逃亡的羽毛

用什么语言也难以表述这个死神觊觎的春天，似乎被一根鱼刺卡住了喉咙——有太多的话要说，却又欲言又止。目光失神游移，大脑一片空白，嘴唇在颤抖。心突然很乱，明明坐在电脑前，明明像往常一样翻开某一本书，读上几行却被另外一种力量牵走，去了一个未知的溃败地带，眼前出现一堆火山灰。毫无疑问，这场疫情刷新了一个人前半生的全部经验，越来越像一部好莱坞灾难片中的剧情。

"淡定，淡定。"面对窗外日益迫近的春天，我躲在书房里，一边踱步一边自言自语。

宅居刚刚实施的时候，我本人没觉得有什么不便，长期的写作状态早已让我习惯于足不出户，也算拥有较丰富的闭关经验——多年前因为要写一部长篇，曾经在郊区租赁的乡下草房里闭关三个多月，身心完全投入虚构的故事中，连味觉都几近丧失，也无心讲究。当时在感觉上，从春天跨入夏天只用了很短的时间。而出人意料的是，疫情暴发的被迫"隔离"，和自愿闭关完全是两种感受，被打乱的不只是内心的平静秩序，还有许多平时被忽略不计的琐碎，体现在生活的每一处细节，比如每周三至四次的有氧运动，这是长了痛风病后强制性排泄嘌呤完成代谢的方式；比如每月必定进行的一次理发，都已养成习惯，否则就浑身感觉难受和不自在；再比如每天写作后到小区外围的公园里散步，以保持腿部关节组织的柔韧和弹性……诸如此类吧，都是一些平日里被忽略不计的小事。而如今，这些平时轻而易举就能落实的小事都变成了无法实现的奢侈，突如其来的困境让人不知所措。

"幸亏是在自己家里呢。"我用这句话鼓励早已惊恐不安的妻子和女儿，以稳定"宅心"。有一个朋友年前开车回到老家，结果被困在乡下老家无法返回，他在微信朋友圈发信息，说"什么生活用品都没带，这真比囚犯还难受呀！"透过这句话紧跟着的几个捂脸的表情符号，就能体会到他的尴尬处境，这是最真实的尴尬，体现在时间分分秒秒的流逝中。另有一位在石油大学工作的朋友，年前去了武汉探亲，原打算从武汉去三亚度假旅游，结果被困牢在风雨飘摇的武汉城。好在他和亲人们都没有被感染，只是百无聊赖地在煎熬中度日，作为诗人，他灵光尽失。此类的事例不胜枚举，许多在春节期间出行的人遭遇相当惨烈。

而我们一家三口，也经历了差点被新冠病毒"扣押"在老家的危险——腊月二十九单位刚放年假，我们便收拾行装回老家聊城陪老母亲过年，像以往一样，这是个按部就班的年节，无论平时多忙的人都得放下一切参与其中，我们的年节计划和中国千千万万个家庭大致相似：年三十全家人吃年夜饭，大年初一互相拜年，给孩子们分发压岁钱。连续几年了，我和退休后定居聊城的作家左建明老师、诗人姜勇兄等几位朋友必有一次相聚，一般约定在大年初二或者初三。这个春节，女儿从京城回山东过年，全家人打算在聊城待到初三后返回青岛西海岸，在家中继续这个年假，因为女儿有一个大海写生的作业需要完成。但其实在大年三十气氛就开始紧张了，我不停地刷微信，朋友圈已经被武汉疫情刷屏。那一晚我几乎彻夜失眠，过年的心情被扫荡一空。面对愈发紧张的风声，我们决定取消初二中午的聚会，提前踏上返程。朋友们都是通达明白人，用不着多解释就达成了协议，但提前返程的决定一出，母亲一听生气了，大声嚷叫起来，并且动作麻利地把我放在鞋柜上的车钥匙藏了起来。

2019年我一直在外奔波忙碌，很少回家看望母亲，每次电话，都允诺说回家过年吧，似乎用一个年节把自己对亲情的亏欠补上。到这个春节，母亲已经84岁，她的态度当在情理之中。此时武汉已经封城，可以说"封城"对每个中国人而言是个陌生的词语，超出了我们的日常经验，我感觉事情变得严重。而老家的人似乎对疫情并不敏感，来家中串门和拜年的人络绎不绝，这让我惊恐不已，万一感染了新型肺炎怎么办？必须尽快离开这个无法掌控的地带。好在经过一番耐心说理解释工作，母亲终于无奈地下达了放行令。我把带有母亲体温的车钥匙拿在手里，踏上了返程的济青高速公路。一路上,车辆不算多,远不像来时的拥堵,说明人们还惯性地沉浸在节日里,没有对疫情抱有足够的警惕,有一瞬间我甚至产生了疑问:我是不是反应过度了?但这个念头刚刚闪过,就陆续接到武汉、北京、青岛的几个朋友打来的电话,传达的信息令人毛发竖立前所未闻,各种画面在脑海里密集蜂拥,险象环生。于是,我在心里又作出一个决定:不回青岛了,到淄博下高速。在这个一样关键的节点,我的直觉起了作用。果然,下了淄博高速,路口已经设置了测量体温的岗哨。

之所以作出这个临时决定,是出于物质储备的考虑,毕竟在我的工作单位所在地安顿下来,生活上要方便得多,眼下能够健康平稳地度过疫期成了头等大事。当平稳运行的世界发生倾斜,时间的火车出现脱轨,能够活下去,尽快找到安全感便是第一要义。

2019年,我在位于西海岸的家中足不出户,独自一人生活和写作,一日三餐基本是瞎凑合填饱肚子。为了赶稿子,尽量减少出门和社交,每天的活动是黄昏去滨海大道的林子里散步,到沙滩上观看落日和海水涨潮。这一年,完成了近三十万的文字量,它们在电脑文档里排列整齐,是我在时光的流逝面前的痕迹与慰藉。而此刻,我望着这些变成了书本和印在报刊上的一堆文字发呆,一边怀疑着写作的意义,陷入前所未有的虚无。在巨大的灾难面前,渺小的生命个体更是脆弱到不堪一击,像一根逃亡的羽毛在错乱的时空中历险……从此,我们一家人和全体中国人一起，被这看不见摸不着的新冠病毒关进了居室，其间经历了太多惊心动魄的体验，内心被遥远的武汉撕扯，一会儿像一只抛上空中的氢气球，一会儿是炸裂后纷纷扬扬的碎片。

阳光、青草以及发霉的身体

一切都成了奢侈：出门散步、洗车、闲聊和在黄昏里逛一下门前的菜市场。还有每周去万达影院看一场老电影的嗜好，以及在影院附近的一家重庆面馆吃一碗榨菜肉丝面的悠闲——有了这次疫情，我更加喜欢朴素的事物，珍惜每一寸被烟火熏染的生活。其实，我还想说出一句发自心底的感受——阳光，可以驱散阴云和雾霾把大地照亮的阳光，我比任何时候都热爱它。

在宅居的日子里，我先后依照来自微信朋友圈的说法，对身体进行各种方式的免疫训练，以抵抗随时扑来的病毒侵害，比如每天泡制豆根草和丹参，喝了四十多天，歪打正着，竟然治好了我的慢性咽喉炎；再如每天在客厅的跑步机上慢跑三千米，直到大汗淋漓。一度，我还听信了网友提供的偏方，试图用酒精来做免疫试验，让自己在麻醉中睡去，好在及时打住。网络上，各种荒唐的说法都跳了出来，各种人和面目，是是非非与似是而非，或明或暗或新或旧，都倾巢出动，上演着一幕幕真实而又荒诞的剧情。

每年春天，我几乎都要感冒一次，从发病到痊愈需要十几天的过程,像是使用了一年的身体需要进行一次大修整。感冒期间我大声咳嗽,打着喷嚏,行动迟缓地走在路边开花的树下,像一位饱经沧桑的老人。感冒让我反思和觉醒,回望来时的道路,测算着自己在人世的时间。

"时间不多了。"我告诫自己,剩下的日子不再姑息迁就,不再违心迎合,不再艳羡或热衷于浮华的剧目和表演,尤其不再在某些事情上浪费宝贵的光阴。今后,在无法掌控的命运里,我要尽可能平静放松地过好下半生。

在疫情非常时期,一场感冒会给新冠肺炎排查增加麻烦,而且,全城药店的感冒药已经下架,尤其退烧药被严禁销售。我就想:如果真的感冒会怎么样呢?自我的精神压力会大增不说,到医院就诊会吓着一批人。值得庆幸的是,直到现在,令人提心吊胆的感冒没有到来,也就避免了虚拟中的尴尬。经此一疫,我的身体基本经受住了考验。但足不出户的日子是见不到阳光的,我已经感觉到自己的身体在发霉,突出的症状是精神紧张、关节生锈般带来的各种不适。

晨昏颠倒的日子不但消磨意志和灵光,还容易让人麻木倦怠。新年制订的各种计划被迫中断取消:文学讲座、研讨会、改稿会、新书发布会,以及朋友孩子的婚礼宴会等等。除了读书,看点电影外,我蜗居书房,几乎没有写下像样的文字,尽管有万千思绪如鲠在喉,但一下笔就失了形走了样。这是气场造成的原因,正所谓心力不稳,人站在地面上也会发生倾斜。每天在忐忑不安中度过,通过与几位朋友进行电话交流,大致情况都差不多。在非常时期,保命是要紧的,大家互相安慰,说毕竟是和家人在一起,离武汉前沿阵地遥远,个人无力付出,不能添乱。所以要忍住,没理由叫疼,要有耐心,坚持下来就是最好的抗疫行动。在鲁院同学群,同学们每天交流,互相打气,还进行了视频,为武汉加油。我的鲁院同学、河南女作家柳岸总是感叹:"文学真是无力呀,我们能做点什么?"大家都安慰她,说这是一场特殊的战争,最好的方式就是待在家里,不让身体出毛病就是对国家的贡献,如果这时候去武汉等于添乱,除非你是医生。死亡的消息一次次传来,于是,大家进行了集资捐款,略表心意,并委托一位湖北的同学把款项捐给有关部门。

时光慢慢挨到了三月,依照往年的惯例,文友们都要在微信群里吆喝,约个周末到青州南部山区踏青,去看古老的村落和磨坊。尽管时令尚早,积雪还在枯草和瓦砾间闪耀,但仍然不影响我们在山野间支起餐桌,架起炉灶,用木柴文火炖一锅红烧肉,开一瓶红酒对着远山畅饮。那一刻,阳光从树梢上升起,照耀着早春的大地与山峦,也照耀着我们沉睡了一冬的身体,让发霉的身体注入麦地的气息、树木的气息、青草的气息。自此,我们仿佛被霜雪打蔫了的身体有了生机活力,我们在山野间奔跑,歌唱和舞蹈,像孩子似的大口呼吸新鲜的空气,嘴里发出呜哩哇啦的喊叫,或者干脆扔掉鞋子,在青草地上打个滚儿,伸一下懒腰。

而眼下,这个画面像梦一样在春天的浪尖上摇晃,摇出了人们满脸的悔恨和泪水。

两个月的宅居,仿佛度过了数年,内容太多,人人都经历了炼狱般的煎熬。许多优秀的人撒手人寰,省略了告别与悼词。生命只有一次,谁也不愿意不明不白地死去。活着的人应该觉悟和珍惜,从每一个细节开始,认真对待一餐饭、一杯水、一粒米和一棵白菜。在微信朋友圈,有人设计了问卷,问"疫情过后,你最想做的几件事"是什么,答案五花八门,有人说了三件,有人说了四件,有人则说了十件、二十件之多。我沉思良久,觉得自己再也不能贪心,只要上苍还我从前的正常日子就好了,我会更加珍惜时光,守护生灵和敬畏自然,养成每日三省吾身的习惯,过最简约最朴素的生活,直到永远。

幽暗的居室

长期豢养在都市里的人们,已经被现代化舒适的日常宠得很坏,经不起一丁点颠簸和风浪——人们早已习惯于日益丰富的物质生活,只要从网络上下个单,吃喝玩乐,想要的一切应有尽有。而飞速发展的景象让人类变得更加贪婪、狂妄和膨胀,无节制的开采与破坏,占领与掠夺,踏上危险的悬崖而浑然不觉。

如今,终于被一场瘟疫关入居室,自此一个新词走进了我们的生活:新型冠状病毒。这个从天而降的杀手,它的体积应该是多么微小,小到用肉眼难以看到,触摸也无感知,但它又是何等狡猾,绕开了世人一直引以为豪的高端科技,绕开航母导弹和飞机大炮,直取人类的弱项和命门。

生活突然从一种秩序跨入另一种警戒状态,一家三口,每天面对一个幽暗的世界,除了吃喝与睡眠,似乎无所事事,满眼尽是被刷屏的疫情,以及一时真假莫辨的各种信息,病毒让谣言长了翅膀飞向四周。这时候,理性的识别与判断多么重要,这得利于日常养成的逻辑思维——依照常识走，就不会有大的偏差。很快，冰箱里的食物几近告罄，那些积时已久的牛肉、鸡鸭、冻鱼、冻虾、火腿肠、禽蛋和蔬菜像卷入一个旋涡，被巨大的黑洞吞噬，食物的滋味已然递减，变成了单一的果腹。

突然没有了喧嚣、社交、宴会、雅聚和出行，杯盏觥筹和猜拳行令的热闹，整日面对雪白的墙壁，除了心头写满无奈，便是在情绪的低谷徘徊。窗外的雪，纷纷扬扬地下过，漫过空旷的夜晚，死寂无声，连一只野猫的叫声也没有。尽管节气上的春天已经来临，但大地依然布满结霜的严寒。一切都静止了，而人只有在与外部世界的交融碰撞中才能把潜能激活——需要友谊，需要爱情，需要与大地上的事物交集相遇，需要森林、草原与节日的狂欢。在非常态的静止中，精神在生锈，妄念在增加，疾病在滋生。我想起了十七年前的"非典"，时间也是春季，印象中连口罩都没有戴过，整个山东被确认的患者只有一人，因而人们对它的认知肤浅而表象。这次疫情与"非典"不同的是，除了地处重疫区的武汉，弥漫性的灾难波及活着的每一个人，人人都作为幸存者的身份而存在，而不是旁观者。在武汉是困境，被迫宅在居室里，同样是困境。换句话说，自武汉封城那一天起，我们每一个人都在现场，无一幸免。而且，随着疫情的深入，每个人的困境在发酵。

在雪后初晴的黄昏，我和妻子一道驾车出门——这是我们自宅居后头一次上街，短短一个月，却与世界有一种久违了的感觉，看到任何物景都触碰到内心的哀伤。小区的门口已经被围上了铁栏，几个戴袖标的疫情管理人员在铁栏前把守,给我们办理了临时出入证件,凭这个证件每户每天可以出门一次,并且严格限定归来的时间。然后,我们小心翼翼地沿街行驶,天色幽暗,路边积雪茫茫,看不到一辆车和一个行人。街道两边的商铺一律关闭,有的贴上了封条,这让我的脑海里产生了各种错觉,以为是在一个梦境中穿行。我打开了车灯,缓慢的行车速度更像是对梦境的检阅。说真的,那一刻的心情是复杂难言的,如大海的涨潮打湿了海滩。

在这个叫临淄的小城居住快三十年了,如此近距离的观察与端详却是前所未有,目光像翻阅一本书,从每一扇紧闭的门开始阅读,门脸的装饰都独具匠心,被人忽略的美术设计突显出来,折射出店主人的文化品位和个人趣味。忽然发觉小城的街道如此宽敞,仿古的建筑富丽堂皇。当行至闻韶路东拐弯处一家装了路灯的门前,我把车停了下来,摇开玻璃窗注视了好久,紧锁的木门不禁让我泪目,眼前幻化出一个暖心的画面:一个女子掀开厚厚的门帘,探出头来,望着漫天飞舞的雪花,惊喜地嚷叫了一声"哟,下雪了!"——这仅仅是一个月前的情景。

这是一家僻静的咖啡馆,平日里我经常约几个朋友来此小聚,店主是一位年逾七旬的老太,据说她是一位日本遗孤,会说一口不怎么流利的日语,有一次与我聊起了日本影视剧,聊《深夜食堂》,聊富士山,还聊日本的茶道和歌伎。看得出,她深受日本文化影响,把咖啡馆布置成了色泽古旧的东洋风格,墙壁上挂着两幅日本书法,橱柜摆放着一对日陶梅瓶。我当时想,一个老年女人,依旧迷恋成双成对的美满寓意,这是中国文化的渗透。而她本人早已是一位孤老,丈夫逝去多年,眼下守着女儿安度晚年。尽管我知道,她像一盏呼吸微弱的油灯,在未来的四季里,只要有一阵风吹来就有可能把她带走,熄灭,送往另一个世界。

我之所以喜欢来这里小坐,除了幽静的原因,当然与这位老太的不凡身世有关,尽管我们为数不多的交流从未涉及她的过去,这些经历也多半来自道听途说。其实,根本用不着过多的语言交流,只要一见到那张脸就会让人联想到岁月的沧桑、世间的风雨和离乱。而如今一切都挺过来了,她还活得如此安详慈善,像一个时间的标本,让人感觉内心踏实笃定。此刻,我不知道这个老人躲在何处,以怎样的情态度过眼下的寒冷?我知道,人与人之间的连接很奇怪,亲切感也是无阶级无国界无来由的。互相熟悉以后,我每次去那里,都坐在靠窗的角落,对新磨的咖啡细细品咂,让苦香浸润舌尖。看她在一旁忙碌,将室内收拾得纤尘不染,却不忘及时给我续上一壶新咖啡,或者免费送上一碟水果或甜点。天黑了,她点上一支摇摇颤颤的烛火——亮光虽小,却能让人从心肠里抽出丝丝温情,一股宁静踏实的力量自那里冒出,弥漫周身——这尘世的气息令人着迷。

灾难的面孔

一个近景:巨大的海浪,倾翻的轮船,尖叫的鸥鸟,在水中挣扎的船员,而镜头拉开——阔大的天空,洪水泛滥,飓风掀翻了屋顶,街上是奔逃的人群……这是经典的灾难,是人们思维习惯中的宏大叙事,它们大多源自某一部外国科幻电影的片断。总之,发端于自然界的灾难在人类的公共记忆中的形象早已形成,堡垒一样坚不可摧。而处于一个以科技统领的时代,灾害的模样已经发生了惊人的变化。从某种意义上说,工业文明的程度愈高级,灾难的形态就越多样,它会隐藏在春天叶子的背后,秘而不宣,向人类突然发起进攻。

我对灾难形成的最早记忆,来自久远的乡村。那时候我还是一名幼儿,终日依恋在母亲的怀中,世界在我眼里是一块蓝布,这是天空带来的印象。时间是夏天,母亲把我揽在怀中在天井里乘凉,她身体下的竹椅微微后仰,而我似睡非睡。天空繁星密布,月光还像往常一样明亮。乡村的夜色里飘荡着一股植物腐烂的气息,整个院子里的气氛有一种凝固了的闷热,像一只铁桶装满了熬热的油漆。

忽然,我感到母亲的身体仿佛被一记重拳袭击,随着竹椅发出一声断裂的脆响,我们一同飞了出去,身体四仰八叉,狠狠地摔倒在地。我被惊醒了,看到夜空中的月亮在上下蹿跳,星星在飞翔。街上已经有了嘈杂声,母亲全身发抖,说:"地震了,地震了!"……母亲拉着我的手迅速地跑到街上,看到老椿树下已经聚满了人,有人举着一支火把,空气中散发一股柴油味;更多的是手电筒,光柱乱晃,偶尔会照射并放大一张扭曲惊恐的脸,颜色发蓝。人们喊喊嚓嚓地议论,口气里流露紧张和不安。经验丰富的老人说这是老天爷发怒了,这仅仅是个序曲,更大的地震还在后头,要房倒屋塌啊。现场一片嘘唏,女人们在抽泣。正是在那一刻起,我吃惊地知道了天地间还有另一种神秘力量的存在,它比母亲的呵斥可厉害多了。

第二天,我们家就搬到了村东的场院地,在空地上扎起了一个帆布帐篷,全家人挤在一起。一时间全村出动,都各自占领了村外的一块空地:沙河滩、梨园或枣树林等露天场所。大人们愁容满面,说话的声音都流动着焦虑和不安,像一只只待宰杀的羔羊。而我和伙伴们却只是觉得好玩,依旧借助场院麦草垛的便利,进行捉迷藏的游戏。我们嘎嘎地笑着,觉得周围的景物都没什么变化呢,天还是那么蓝,飘着白云,地上的青草仍然疯狂生长,结出了花穗。好在十来天过后,更强烈的地震并没有如约而至,人们这才收拾炊具和家当,结束了这段抗震避难生活。关于地震,美国学者马里奥·萨尔瓦多里在其著作《大地何以怒吼》中有过详细阐述,他把地震喻为"碎裂的蛋"。

记得，当我在秋天的阳台上阅读该书时，只对其中的神话传说较感兴趣。

多年之后，我目睹了地震带来的巨大灾难，那是在汶川地震后的第五年，我到四川绵阳参加一个文学颁奖会，其间，当地散文家冯小涓夫妇联系了有关部门，带我去参访北川旧城地震遗址。车子出了绵阳，在干净空旷的国道上行驶，四周景色优美，空气像滚动在芭蕉叶上的雨滴。驶过一座被地震破坏开裂的桥梁，继续向深山的弯道走一段路，就是北川老县城了。五年过去了，当年世外桃源般的北川县城已经变成一座空城，街道被雨水冲洗得干干净净，路两旁的木棉树枝繁叶茂，开满了花朵。应该说，旧北川实在是太美了，它地处四面环山的洼地，像一只天然的聚宝盆，到处都是绿色的植物——震灾之前，这里真像一座无人打扰的伊甸园。而此时，如果一个毫不知情的异乡人误闯进来，在旧北川的街道上行走，除了一种巨大的美感之外，绝对不会产生恐怖之感，因为灾难早已远去，那个狰狞的黑夜已经被时间和阳光驱散抚平，剩下了满目繁花，仰脸即见峭拔的山峰，鸟群在天空自由歌唱，许多人家的窗子上还挂着花布窗帘，在风中微微拂动，桌子上的电扇在轻轻旋转。谁会想到这里曾经上演过一幕最为惨烈的悲剧，是魔鬼疯狂撕咬生灵的战场？尽管，我在心里清楚眼前的宁静都是蒙人的表象，它们经不住半句追究，只需稍加询问就会获得一个令人震惊的答案，但我刻意忍住没有打问，因为站在废墟现场，我害怕真相的还原会给内心带来剧烈的震荡——人是多么喜欢回避真相，尤其是当它们具有悲剧性质，连大脑皮层都会本能地拒绝吸收。直到参观结束，我们一路无语，回到新建的北川县城用餐，服务生端上北川当地的特色菜品卤煮香碗，气氛才有所缓和。借助围绕美食展开的话题，为弄清纠结在心里一上午的问题，我刻意轻描淡写地向一起用餐的人求解："有一排楼房很完整呢，是建筑质量太好了对吗？"小涓沉默片刻，操一口四川味道的普通话，回答说："你看到的楼房是三层建筑，实际上咧，那是四层建筑……一层陷入地下喽，一楼的人都没来得及出来。"说着，小涓的眼圈立刻红了，开始用餐纸拭泪。仅此一个细节，即让我目瞪口呆，品尝美食的欲望顿消。在此后整个下午我都陷入沉思，眼前上映着一个惊悚的画面，感觉人类在自然面前的无助，所谓的人定胜天，不过是理想主义时代的说辞。记得在离开绵阳的那天，我曾经答应冯小涓回去后好好写一篇北川之行的感受文字给她主编的杂志《剑南文学》，但多年过去，却始终没有行动。因为一想到北川，那个惊悚的画面便会在眼前浮现，冲垮了承受的极限。英国诗人艾略特在诗中写道："这就是世界结束的景况，并非一声巨响，而是一阵呜咽。"这又一次让我痛感文字的苍白无力，真正的悲剧是无法用语言表达的深渊。

在我的写作生涯中，几乎不忍心触碰灾难题材，即便有所涉及，也尽量采用委婉的方式切入，用鲁迅先生的话说就是不能"直面惨淡的人生"。自己缺乏"猛士"的勇气，像一个开惯了自动挡轿车的蹩脚司机，驾驭不了一艘灾难的轮船。在我看来，人类遭遇的重大灾难和世间日常生灵的"爱与死"是两个完全不同的概念——文学关注的爱与死，是如此生动细腻，甚至是温柔无声的抚慰，像上一堂人性解剖课，伴随着莫扎特的安魂曲完成对亡灵的超度。基于这一点，我从心底对那些擅长书写灾难的作家表示钦佩，觉得他们具有冷面杀手的心理素质。

而暴发于庚子年春天的这场新冠病毒，把灾难的面目彻底改写了，它与地震、沉船、洪水、雪崩、火山喷发、泥石流等传统自然灾害的破坏力完全不同。它是潜隐性的，像一只菜叶上的花斑虫，一旦触碰却显示一张恶魔的面孔，并且以暴雨的节奏和速度吞噬生命——这是何其阴损的招数。人类注定无法与之长期纠缠相处，这给后工业时代飞速发展的文明社会出了一道难题。

青春曲

在我的记忆里,小城还是原来的模样:城中央有一条懒懒流淌的河,岸上是一排白杨树。河上有一座简陋的石桥,穿过这座桥向西不远,是县医院,我家就住在医院以东,是县政府老家属院。再往西一点,就是我曾就读的县城第一中学。

不久前,我在济南参加一个文学活动,突然接到一个陌生的电话,我一向拒接陌生来电,但这次不知怎么的,在犹豫片刻后按下了接听键,一个陌生男子向我报了名字,我竟然兴奋起来:他原来是我的中学同学,外号夜猫。二十多年没见了,我不知道夜猫变成了什么样子,很想与他有个叙旧契机,但他在交谈不到第三句话时就向我透露了他的老板身份,说他现在经营着三家企业。时隔二十多年,他仍不忘适时地向我传达他的虚荣与豪情。而在我的印象里,他仍然是那个没有长大的坏孩子。

事后获知,如今的夜猫,已经赚足了人民的金钱,头发也全部脱落,他的光头成了县城里的一道风景线和亮点。

一闲下来,他就到公司门口叼着大烟斗,优哉游哉地观察过往的路人,他暗中期望能在穿梭的人流中一眼认出某个熟人,这样他就能向对方宣讲一番自己的业绩,或者邀请其参观他的工厂,到他那宽敞豪华的总经理办公室里喝一杯茶。可惜这样的概率微乎其微,在这个时代,人们似乎都很忙碌,甚至无暇羡慕他人的风光。大家都成年了,而成年的代价就是丧失激情,把生活看实,不再追星和膜拜。人到了一定的年龄,会对世界首富视若无睹,说:这与我有什么关系呢。但夜猫自是不甘寂寞,便一次次组织一些同学会之类的无聊活动,并主动承担活动的全部费用。而在我看来,把分别二十多年的同学从四面八方召集一处,很像是一次蹩脚的炫富摆谱行为艺术,而夜猫陶醉于此种自我满足状态。其实,他不知道,毕业这么多年,同学们都历经社会风雨的洗礼,有的人早把中学时代的幼稚过往忘得一干二净。

在返回家的济青高速公路上,车里播放着轻音乐,晚秋的微弱光线照耀着我的脸。透过车窗,我看到公路两边萧瑟的树林已经脱光了叶子,不知怎的,我的心里泛起了阵阵悲酸,搜索着有关与夜猫交往的记忆剧情。应该说,他是我少年时代最早的伙伴之一,像个命中注定的教父,他一度带给我启蒙般的影响。因为和他的交往,我曾经吃过父亲几次耳光,父亲警告我说,如果再和夜猫来往就砸断你的"狗腿"。但他的威胁几乎没有奏效,夜猫的魅力最终战胜了父亲的专制。

在县政府旧址那幢还没有封顶的毛坯房里，夜猫和另一个同学教会我品尝人世间的第一支香烟，喝下第一杯苦辣的烈酒。时隔不久，他又在某一天晚上邀我去他家同睡，在那个寒风吹彻的晚上，他向我传授人世间的男欢女爱之事——当然，那个年代还没有同性恋的话语权，我们都是不折不扣的"直男"。应该说明的是在此之前，我是个见了女生就快步躲开的角色。

在很长一个时期，手淫是一个羞耻而沉重的秘密，在人群中齿轮般咬磨着我的孤独和羞怯，而这正是夜猫在那一晚传授给我的恶习。一度，我对自己厌恶之至，懊悔的情绪始终缠绕着我，这让我陷入深深的自卑情绪中。在上学的路上，我甚至不敢与人正视，见到同班的异性更是心跳加速，老远就脸红发热。我痛恨夜猫让我沾染了这个恶习，并在他再次邀请我与他同宿时一口回绝。直到后来，我了解到《死魂灵》的作者果戈里一生都没有改掉这个习惯，恐惧和不安才稍稍平静下来。

有一次，夜猫就向我泄露了一个有关同学赵二军与另一个高二班的女生谢小秋之间的惊天秘密：静谧的春夜，月光照耀低矮的瓦屋，屋顶上的猫在吱哇叫春，春夜的小城到处是窸窣的声音，把两个饥渴的少男少女搅得坐卧不宁。透过暧昧的前窗和后窗，他们用肢体表达内心的焦灼欲望，忽而伸长手臂做操，忽而放声高歌一曲。最后，是年长一岁的谢小秋率先向赵二军招手。尽管有些慌乱，但她还是勇敢地向赵二军发出了积极的信号，打响了向这个禁锢世界求欢的第一枪。这个现在看来极其平常的手势,在当时却堪称创举。既然这层窗户纸已经被欲望捅破,两人似乎也不再需要表白,多像两只误入沙漠的小松鼠,大肆饕餮野花蕊里隐藏多年的青春蜜浆。

我惊讶地听着这件事,对事情的真实性一再质疑,心却怦怦地加快了跳速,羡慕和嫉妒交织的情绪差点让我失态。

多年过去,这件事成了一桩无头案——当年的许多事都成了无头案。而在当时无论多么要好的伙伴,也像空气消失在空气中,有的人干脆从人间直接蒸发了,比如在某一年春节,我的三个同学开车去另一所城市参加聚会,在返回途中车子撞坏桥栏,冲进了深夜冰冷刺骨的河流,第二天人们从河里打捞出三具尸体。我记得那条河叫马颊河,波光闪闪,日夜喧响。

此刻,在飞速掠过的田野背景下,我回忆起了这件已经没有任何意义的往事,感到手中的方向盘像时间本身,在微微发抖,并且报警般发出震颤——而时间的余波已经够不到青春的边缘。我当时已经爱上文学,经常朗诵一首普希金的诗,至今记得。

该走了,亲爱的,该走了,心儿要求宁静,
日子一天接着一天飞逝,
每一点钟都带走生活的一部分,
我们两个人打算的是生活,可你看,死亡却已临近。

世界上没有幸福,但有自由和宁静。
我早就梦想着那令人羡慕的运命,
我这疲乏不堪的奴隶,早想远走高飞,
到远方隐居,在写作和安乐中憩息。

第六病室

"你的关节需要置换。"医生的口气十分坚定,掷地有声,带着几分权威性的霸道。"最好把两条腿全置换了,做这样的手术不复杂,用不着太担心。"医生补充说,一边把玩似的掂着手里的小橡皮锤——那是用来敲打关节的医疗器具,在两分钟之前,它曾经准确无误地敲响了我的膝盖。

这是多年前的情景,时间是夏天,街道两边的大叶女贞正在猛烈地开放,在空气中释放着香气。而我在微微的惊愕里接受了医生的宣判,这突发的状况让我一时不知所措。我就像一个无知的乡间儿童,看到路边有一方水池,一个猛子扎了下去,本意是想洗澡,却发现水下隐藏着一座龙王的宫殿。

医生口吻平静,慢条斯理,像在说一件很家常的小事,对他而言,置换一个病员的膝关节,好比院里的电工置换一盏作废的灯泡,也好比当年的补锅匠,把漏了的锅打上一块补丁。他的话像是从机器里播放出来的,对我的心理反应和面部表情变化,则完全视而不见。

"快些准备准备吧！尽快办理住院。"然后，不等我再作进一步的咨询，他在接了一个电话后，离开了诊疗室。

我走下楼梯，医院门前阳光晃眼，几束美人蕉开得正艳。广场上停放着一排火柴盒似的轿车，前来就医的人络绎不绝。

我穿越人流，大脑一片空白。

对于自己膝关节近一个月来突然的疼痛，我几乎没有把这件事放在心上，觉得疼几天就没事了，我相信身体的自我调节能力。以前，崴脚脖子之类的小意外时有发生，不是疼几天后就过去了？但这次似乎没那么简单，先是在阴天疼痛，脚趾出现红肿，后来在晴天也疼痛起来。奇怪的是，疼痛持续的时间并不长，一两天就消失得无影无踪。好的时候可以蹦蹦跳跳，和没事人一样。这疼痛来得蹊跷，事先没有任何征兆，事后也不留半点痕迹。而且，随着时间的推移，疼痛的频率越来越密集，一两周就犯一次，我这才决定去看医生。但无论如何，都没有想到会是这样一个严重的结果：我一向健壮的双腿，将置入一种不属于骨质类的物体，它们是金属或者陶瓷。如果那样，我的身上岂不是有了机器的成分么？那我还算不算纯粹的人？我为此"细思极恐"。

回到家，我和妻子商量，妻子倒还冷静，听完我的叙述，果断地作出决定，她说：听医生的。

事后证明，她的冷静不是出于一种理性和经验，而是一种普遍的心理取向，对于来自权威的言论，从不置疑。当然，我也并不比她聪明多少，一周过后，经过一番痛定思痛，遵照医生的指引，住进了他管辖的骨外科，在第六病室。

在此前，我从没有住过院。我对医院充满了好奇和各种美丽的想象，这是我的单线思维所造成的——我习惯用幻觉来验证性格中的天真成分：当某一位身穿白衣的女护士在病房里飘然而至，我毫不怀疑她的天使身份，觉得她灵巧的手，有着职业化的精确，那闪露在口罩上方一双明亮的眼睛，都是受了神的指派，能够照亮病人幽暗的心室。对于医生，我更是心怀敬畏，脑子里回旋着古希腊"医学之父"希波克拉底的铮铮誓言。同样，对于医生的技能认可，我也毫不怀疑。怀疑是一个时代的病症，这很不好。

此后，我开始了为期一周的"保守治疗"：在床上打点滴，输液消炎；到电疗室，做激光理疗。然后，做血液尿液之类的常规化验，待结果一出，即可实施关节置换手术。对于关节材料，也选择了进口金属，预订了货源。钱是比国产货贵一些，但这时候，不能心疼钱。尽管有一定比例的公费医疗保险，但当你的生活与医院沾上，仍有数目可观的自费。一句话，谁让你放着好好的生活不过，偏要生病来呢。到了医院，你就丧失了自由，变成了一头任人宰割的动物。此时，我感觉有两条假肢零部件，正仰躺在世界的某一处，它们蓄势待发，随时待命。

问题是后来才显现的，这是我此生里，第一次住院，却十分不幸地遇到了一位庸医。一周后，化验结果出来了，我看到医生拿着化验单，连他本人，都惊讶地瞪大了眼睛。验单上明确显示，我的身体除了尿酸高，其他指标竟然是正常值,医生摇摇头:"怎么,你还会有痛风吗?"我说不知道,但依照化验结果,这明明就是痛风了。医生在摇过头后,又咂了咂嘴,口吻肯定地说:"你不是痛风,有的人尿酸比你高得多,还没任何反应呢。你是关节炎,需要做关节置换手术……必须!"最后,他态度坚决。

当然,事实是这一次,我没有听医生的,而是听了化验结果的,换句美好的词汇,也可以说是我听了科学发展观的。医生为此很不高兴,见了我把脸拉得老长。重要的是,这一次我正确了。时隔不久,我从另外一家医院,验证自己是患了痛风。这是吃出来的毛病,平时在饮食上注意一下,把体内多余的嘌呤代谢出去,就是控制疾病的最有效方法。

事后证明,如果医生的方案得以落实,我至少要在病床上厮磨半年——毕竟,这是朝着一具人体下手,远不像更换一只灯泡那么简单,也不像修补一口铁锅那般轻松幽默。

"第六病室",我想起伟大的契诃夫写过一部同名小说,不禁苦笑着摇摇头,又蛇一样朝黑暗中吐了一下舌信——感谢上苍让自己在此次与利刃的交锋中侥幸逃脱,我已看到一道逼迫在头顶的白光。

曾经活蹦乱跳的灵魂

又一个夏天匆匆消失，我甚至还来不及体验它的炎热，像魔法师把试探的舌尖伸向烧红的烙铁。在一个"凉爽如死亡的夜晚"（海涅语意），我突然下意识地想起一位久未联系的老友，这大概因为他是个古怪的人——古怪的长相、古怪的装扮和古怪的思想。时间是二十多年前的冬季，我们俩在济南南郊一家宾馆里闲聊，案头的烟灰缸里烟蒂摞成了小山。窗外大雪飘落，子夜幽暗，烛火跳跃，他忧戚的容颜上写满了说不清是恐惧还是无奈的内容，因为在整个晚上，他都在向我谈论死亡。他之所以思考死亡并非出于哲学，而是因为在他的家族里有一种遗传基因，此基因让他怀疑自己的寿限会早早来临，像一粒忧郁的种子埋在心底，他的生命似乎命悬一线，随时都会戛然绷断，开出一朵死亡之花。当然，时至今日，我的这位老友仍然活得不错，只不过用鲁迅先生的话说，"单是老了些"。他对我说的印象最深的一句话是："灾难总有一天要到来的。"

数年前，作家张贤亮曾有长篇小说《习惯死亡》面世，一度引起轩然大波，非议颇多。可见国人很不习惯死亡，或在潜意识里回避这件终归要面对的事实。直到今天，此种局面并没有多少改观，某些场合里，该话题仍然是个煞风景的忌讳。多数人都认为自己离终结的日子还很遥远，有自恋病的人会觉得自己永远都不会死去。——严重点的甚至会认为周围的人都将老去，而上帝独独将其放过，自己永远光鲜如初，即便是自己和别人同样衰老了也不肯承认。这样的人真是为数不少。

事实上，在这个时代，人们浮躁得连死亡这桩大事情都无力正视，在我生活的周围，几乎看不到时常思考死亡的人出现。但是，那些充斥晚报与网络的自杀消息，难道都是假的吗？在自杀者的背后，隐藏着什么样的动机？是出于生活的压力还是对生命意义的绝望？我们不得而知，我们看到的一张张平静如常的面孔，有些人拥有地位和金钱，外表风光体面，谈吐优雅家庭貌似幸福，为名利奔波劳累，一旦遇到了挫折与灾难，他们脆弱的神经便会崩溃，于是乎想到了死亡。而自杀，不过是对责任的逃避与解脱，是对亲人的又一次伤害。一个人的消失其实并不比一滴水的蒸发更隆重，活着的人也不会从他人的死亡中获取更多的觉悟，这是因为我们缺乏一个深厚坚实的觉悟场。而这个觉悟场的存在，对每个人来说都是重要的，它让人知道珍惜和宽容，知道生命的道路其实是一条自我救赎之路。知道温暖的力量，知道活着的本质和要义，知道尊重与理解同类就是一种爱意的最佳表达方式。在生活里，人时常因为某个朋友或熟人的突然离世而遭受刺激，深感震惊，周围的人也在议论纷纷,于是一个觉悟场形成了:大家互道珍重,互相帮助,彼此祝福,友好的气氛在迅速传递和回荡——但遗憾的是,这个小小的觉悟场只是一朵短命的谎花,它并没有开出人生丰美的果实。正因为人类天生就是寻求快乐的物种,人们会把堪称惨痛的死亡很快遗忘。随着世俗声浪的喧嚣,新一轮的争夺与倾轧又重新开始。

我们的人性,已经不可救药。

与之相比,而那些生活在岛屿上的小鬼子们,却时时接受着死亡的教育和训练,他们危机四伏,他们偏激焦虑,他们迷恋美丽恍惚的樱花,他们多少显得有些变态,但他们也拥有足够的清醒与正视人生的勇气。比如在日本电影《入殓师》中,我看到年轻的失业者大悟,一次次地从死亡的教育中获得了境界的提升,最终变成了一个博大的人,一个有力量的人,一个不屑于与芸芸众生斤斤计较的人。他每天要面对的是一具具或年老或年轻的尸体,这些尸体都曾经活蹦乱跳,都曾经背负沉重或美好的灵魂与记忆。

我们看到,一个昨天还在嘲笑死亡的人,今天却成了他手下的客户。我当时觉得:入殓师的手掌,其实就是上帝的手掌。当他轻轻地抚下死者眼睑的那一刻,仿佛死亡是个奖赏。

还好,没把自己丢了

> 漫漫人生,
> 步履不停;忙里
> 偷闲,静坐观心

河流:闪光的预言

1. 开始

春天,我在森林里小住,夜晚听得见树叶在风中婆娑作响,花朵在河岸上大面积次第开放,浓郁的香气自对岸传来,穿透阁楼的木板,以猫的形状和速度爬进窗棂。接着,各种鸟鸣流水一样灌入耳中,它们掺和了月光的忧愁和丁香的苦涩。而透过沉沉帷幕,我看见一粒正在眨眼的绿色星子,它微弱的光芒,缓缓游移的步履,照耀着巍峨浮动的长白山脉,这时候季节是四月,山顶上的积雪还没有融化干净,白天里视野可见的轮廓被遮掩,整座山峰变成一个完全黑暗的国度,这让我一次次地沉入不可遏制的构想。突然,一个闪光的念头跃入脑际:像一粒埋葬地下的种子在瞬间爆裂,一个光荣而秘密的行动已经开始。

我在孤寂的房间里来回踱步,口中喃喃自语。窗帘拂动,初春的风是多么柔和啊,窗台上有一支冉冉上升的印度香——那是去年八月,西藏的一位禅宗大师送给我的礼物。他抚摸着我的头颅,用低沉的声音说:"孩子,你的前生,原本是佛门弟子。"这句话让我吃惊,刹那间眼前乱云飞渡,浮想联翩,前生的片断竟然奇迹般一幕幕呈现。那时候我剃度为僧,面对墙壁,苦心修行,在经声佛号中度过干净的一生。

我知道,人人都想了解自己前世的出身,以及亲人、爱情、命运、遭遇、幸福与苦痛,但当我试图求解时,大师却拱手告辞,留给我一盒印度香和一串开了光的菩提佛珠,也留下了一个事关生死轮回的迷局。

自那以后,告别城市的想法折磨着我——在时代轰轰烈烈的乡村开发和蚕食运动中,我和伙伴们身居钢筋水泥混合的建筑樊笼,困兽般身不由己,无力自拔或无可奈何。我们的心从来都不属于这里,这里的名利圈、各种酒局、话语场、势利眼、虚伪的颂词、等级森严的人肉丛林和物质欲。

日日夜夜,我听见伟大的河流在召唤,在春天,它以一滴水的融化方式信步走来。

2. 观察

我承认,有些感觉被我牢牢抓住:人性的迷幻结构,森林的气息,人参的精灵住所,土豆的生长过程,以及长白山中的奇妙历险——在四月的最后一天,从长春去长白山的路上，我和同行的伙伴迷了路，一头钻进了漫无际涯的林区，一只硕大的白鹳稳稳地停靠在车顶上。夜已至深，我们停下车，与它相处了十几分钟，周围是呼啸的山岭，高大的树木，飘忽的光影……一丝恐惧在瞬间攫住我们的神经。

但最终，我们凭借经验和判断走出了丛林，抵达二道白河镇，然后顺利进山。接连几天，我在山中游历，背着旅行包，带着数码相机和望远镜。原始的火山口，迷雾萦绕的天池，温泉的水，白桦的姿影；品尝新鲜的蕨菜、鳜鱼，我以此种方式，完成着对长白山一带自然与生态的解读。

也就是说，世界上有一些事物，是可以凭借经验、知识来作出判断的，无论如何，它们还没有跑出人类智慧和品位的篮子。

但当我一觉醒来，伸了个懒腰，看到融化的雪水自山川泻流而下，汇入河流，浩荡奔流，顿时有一种无奈的茫然涌上心头，我觉得对河流的感觉是抓不住的——是的，抓不住！好容易打捞上一根水草，却变成游鱼从手中溜走。我在想：既然它有一个开始，那么它的源头在哪里呢？它溶入水中，可水又代表着什么？在它奔跑时，我试图追随而去，但我发觉自己根本没有能力撵上它，哪怕扯住它的一袂衣角。

像一个孤苦无助的孩子，我沿着野草生长的河岸漫步，观察它的流向，企图从中找到它的本质，但整整一天过去了，我一无所获。

3.印象

记忆中最温暖的河流,自然是在童年时代,它在我的故乡沙河镇,如果有名字,定然是叫沙河。印象最深的是夏天,与伙伴们在河边割草累了,到河里游泳,渴了喝河里的水,有一股浓重的土腥儿,但喝到肚子里会泛起一丝甘甜,滋润舌尖与喉咙。河岸上有生长的庄稼和灌木,还记得与伙伴们一道,网浅水里的小鱼,拔松土里生长的甜草根。

因为喝了河里的生水,自然也有浪漫的后续章节——这也是一条让我的童年长过蛔虫的河流,不由得频频向其膜拜致敬。

如今,由于众所周知的原因,故乡的河流已经不复存在,只剩下一片卵石,卵石堆中,有残破的贝壳,生锈的钓钩,糟烂的船木。若干年后,或许会有考古学家来到这里,考察一条河流的遗址。

最美的一条河,要属西藏林芝的尼洋河,这是我去年八月在西藏游历的一个亮点。这条河的颜色像一块蓝色的绸子,干净得让人屏住呼吸,说不出合适的语言表达。从始至终,它静静地流淌,伴随我们从林芝到拉萨,一路闪亮。

"一条比雪还干净的河流。"

尼洋河之上,是瓦蓝的天空,雪白的云朵。偶尔,河岸上出现放牧的藏民,身穿布裙的妇女,脸蛋红红的孩子。

木头的围栏，苔藓的绿野，石堆上的经幡，在河水的映照下生动耀眼，披一身圣洁的灵光。

而眼下，长白山脚下的这条河流，汹涌开阔，紧挨着陡峭的山峰，积雪在山顶碎裂之后，发出巨大的声响，轰隆隆，轰隆隆，河流在遭遇冰块的撞击后迅速瓦解，顺势而下。

与别处的河流不同的是，我看到水中滚动着一些巨大的漂木。

4. 河岸

白天，我听到清晰的喊号声，声音悠长而嘹亮，像从山顶飘下一支歌谣。世世代代，那些山上的伐木工，用辛苦的劳作换取活命的口粮，像一只蜘蛛，他们从高高的悬崖锯下成年的树木，然后借助水的能量，把木头运到山下。山下，是一片锯木场，电锯在嘶鸣中工作，木头像西瓜一样被切开，带有松油脂味道的香气四散。木屋，帐篷，一列废弃的蒸汽机火车，讲述着一个远逝的年代。

养蜂人沿河而居，在河岸上升起炊烟，从河中汲水，洗涤衣物，布置蜂箱。而周围的村庄，居住着淳朴的渔民，他们凭借一条河的哺育，出生、成长，直至死亡。我经过晒鱼场，问一位正在阳光下收拾渔网的渔民："老乡，你的家就在这森林边上吗？"他说："从我爷爷的爷爷……那一辈，我们家就在这里打鱼，到我这一辈，已经第十代了。"我惊讶于他精确的身份记忆,久久地望着他伸向空中的两个巴掌。

沿河而行,水声泼昧,白气蒸腾,身上和脸上的感觉都湿润而清爽。我看到工人撑着木筏,把一根根圆木打捞上岸,装载木头的卡车列队而行,卡车的影子消失于森林绿色的通道。铁皮房,弥漫油漆的气味,野花遍地,草莓已经落果。

——这就是我日思夜想的东北大地!

遥想当年,祖父带着年幼的父亲在长春谋生,尝遍人间悲酸与苦难。半个世纪过去,当每年春节家人团聚,父亲总是重复讲述久远的过往:扯着祖父的衣角,推一辆货郎车在寒冷的北风中叫卖烤薯、甘蔗和散装的香烟。

长春,一座在风雪中瑟缩的旧城。

那天黄昏,当我入住长白山宾馆,从第十九层的窗口眺望朦胧笼罩的街头,我的眼前奇异地出现了幻觉:我看到两个步履蹒跚的背影肩背口袋,走向熙熙攘攘的人流,而那个瘦弱黝黑的少年,不经意间地回首一瞥,在我的心海激起怎样的波澜?这是血脉的维系,命运的丝线可以追溯到久远的开端。

在那一刻,我的心是忧伤的,也是疼痛的。因为,在父亲饥饿的身影背后,那些在大街上洋洋得意的人,是从伪满洲国皇宫里走出来的日本政客,手持长枪的宪兵老总和叼着大烟袋的妓院老鸨,他们红光满面,胡髭醒目,金牙闪亮。

一切都过去了，历史如粪土般一文不值，即便从中开出新生的花朵，又能奈何时光的分毫？而父亲，那个给予我生命的人，他的行程已经结束，并且频繁出入我的梦境。

此刻，我活在公元2013年春天，脚踩一地从河流上空撒下的鸟鸣，我在黄昏的河岸上自由徜徉，夕阳下的河流平静如镜，葛藤的枝蔓垂落在水中，一艘桦皮船从对岸的水汽中朝我驶来。

5. 梦境

有许多次，我做了一个内容相似的怪梦，与河流有关。

在梦里，闪亮的河流从天而降，它翻滚的浪花淹没了我，我感觉到身体像一枚树叶被席卷而去，顺水漂流。在整个过程中，我真切地感受到被水包裹的凉意，内心充满了快乐的刺激；我看到眼前美丽的游鱼和五彩缤纷的藻类，有太阳的光芒照射到水的底部，我看到水中舞蹈的浮萍和大树的根须——那些根须红光闪烁，制造着奇幻景象。有一次，我与一条热带鱼一样婀娜的水蛇相遇，它吐着舌信向我游来，在交会的瞬间，它毫不客气地在我的肩头咬了一口，鲜血如注，我感到了火辣辣的疼痛，然后我醒来，抚摸肩膀，疼痛的余波还在持续。我呆呆地坐在床头，直到天色发白放亮，时令入冬，窗户上绣满了水汽制造的图案。

在梦里，水并不具备屏障作用，我惊讶地从中穿行而过,而且可以保持呼吸的正常畅通,我拥有鱼类的灵敏,长着鳍的武器,对付敌人的锋利的刺矛,足以承受外力重磅打击的坚硬的骨头;我甚至感觉自己长出了翅膀,随时可以跃出水面飞翔。但不知怎的,却从未做过一次飞翔的尝试。有许多次,我在水深处泅游,两臂作桨向前轻盈划行,却听到头顶砰砰作响——砰砰砰,砰砰砰。我意识到是天空下雨了,奇怪的是雨并没有落到水里,而是落到了屋舍的顶棚上。

我的眼前呈现一个扑朔迷离的画面:乡村的天井,狭窄而诡异,老式的房子里,摆放着一架弹花机,一位年迈的老妇人,在油灯下颤巍巍地织布……凄苦的冷雨夹杂着冰雹从天而降,砖瓦上布满浓重的湿气和水雾——飘忽的喊叫,啼哭的婴儿,被烟熏黑的泥灶,田野里游荡着残存的绿色火焰。

春天!那一望无际的黄昏的河岸!四周是金黄的油菜花和在风中起伏的稻田。我看见有人手持雨伞,迎迓着蒙蒙细雨的沐浴,在第一声冰凌爆裂的声音里开始孤独的远游。

6. 长笛手

春天的河流拥有许多秘密,比如它与音乐的默契和融合关系。当音乐响起,整个森林都在颤抖,树叶是情人的嘴唇,终于开口说出一句话。而在这一刻,河流像一个上帝精心发布的预言，预卜大地即将诞生的事物：草木、花朵、马车和土豆。

最初的音乐洗礼，是约翰·施特劳斯，那个来自音乐故乡的奥地利人。我看过他的一帧画像：目光炯炯有神，留一绺短而粗硬的胡须，这样的男人让女人看了会忍不住动心。据说他身材高大威武，像位骑士。是的，与贝多芬、巴赫或者肖邦不同，施特劳斯的作品不够阴晦，他的生命里充满了雄性和阳光，以及一往无前的激情与冲动，在他的音乐中，会听出"生活是美好的，自然是美好的，一切苦难都是可以战胜的"，所以，有悲观主义倾向的人纷纷远离了他。基于这一点，使他的音乐在表现忧伤困苦的一面显得少多了，就有了眼下众多的发烧友们说他"浅显"，说他没有很好地揭示人类感情的深层，隐秘或者人性。或许罢，我想。人终归是要成长成熟，一个时期有一个时期的需求，包括对音乐的需求，这很正常。然而，我之所以忘不掉施特劳斯却不是因为他那首最著名的《蓝色多瑙河》，而是他的另一首作品《春之声》。那时候我正在一所县城读中学，是学校宣传队里一名蹩脚的长笛手，每天都要早早地起床，与那一管凉凉的金属接上一吻。

记得，是一个月光晃眼春寒犹袭的晚上，我与一位拉长号的同学在学校阔大的操场上闲逛，每人手里夹一根劣质香烟——我们已经开始偷偷地学习抽烟，而且远处也有明明灭灭的微火，大约是有人在焚烧冬天的干麦草。时值早春，空中始终弥漫着一股好闻的气味。有远远的说笑声，似乎还夹杂着一种鸟叫声。在这样一种氛围下，施特劳斯的《春之声》奇异地响起了，先是溪水一样哗哗地流过来，然后是鸟儿一阵唧唧哎哎的啁啾：啊，春天来了，春天来了……我们一脸惊愕的样子，竟寻找半天而不知音乐的出处。直到今天仍不知道，事情从始至终都是朦朦胧胧，恍兮惚兮，十二分的美妙。当时，我的同学咕哝了一句"是施特劳斯"，就不再说话。我也不再说话，静静地谛听着这似乎来自上苍的语言，一下子置身于一个万木复苏的节日里：大地上的积雪在消融，树林披了淡淡的绿衣，一群天真活泼的儿童像开放的花朵，鲜嫩的笑声撒满春野，解冻的河流在林间开始流淌，那嘎嘎作响的声音，是冰排在河道里汹涌奔突、呐喊、撞击……那一刻，十四岁的我竟突然有了一种早恋的欲望，脑海里出现了许多奇奇怪怪的画面，印象最深的是森林里有一幢木头房子，房子外面是一个少女和一群雪白的鸽子。是的，一切都是那么干净和神圣，甚至柔软和缠绵。有人说，音乐和绘画还有文学，都不需要什么教育，直接感受作品就行。而在那一夜，像施特劳斯预示春天与河流一样，我的生命很自觉地接受了最早的震撼与觉醒，启发了内心最敏感的部分，使你自此和周围的自然，乃至大地上的一切，都发生了不可思议的联系。

7. 灯盏

灯盏是从河岸上升起来的，穿越山顶，被风吹向夜空，飘飘摇摇，变成群星中的一颗；灯盏是有欲望的，它的欲望如岸上的熊熊篝火，映亮整个山川下的河流、水纹和浪花。

中午，表姐从长春赶来，提着一兜子水果来看望我，说房间里太冷了，就到院子里的花楸树下取了几块木柴，点燃了壁炉，房间里顿时被温暖布满。壁炉原本在春天来临之后就熄灭了，遇到雨天，凉意便从地板的缝隙里冒出来，让我每天入睡前都将身体蜷缩在被子里，咳嗽，叹息，然后逼迫自己进入梦乡。

整整一个下午，我和表姐围坐在壁炉前，回忆往事，叙述家常，那些久远的经历像一桶葡萄美酒被窖藏，一经开启就散发浓郁的醇香。我们从祖辈谈起，谈山东与东北地域的渊源，谈几十年前表姨带着年幼的她去山东的一路见闻。当时她只有八岁，与表姨乘坐了五天五夜的慢火车，途经十几个城市，才到达我的故乡沙河镇。那是我童年时代一桩难忘的幸福事件：家里来"切"了，是那种父辈们常念叨但却从来不见人影的亲人。多年过去，表姐仍然记得在沙河镇上吃过的美食"呱哒"，如今，它成了江北水城聊城的名吃之一，名扬四海，食客满天。表姐还记得镇上有一座宋代古塔，我们曾在铁塔下交换过各自的玩具——子弹壳和羊拐。遗憾的是，作为千年文化的见证，古塔已经不复存在，它同样毁于那场史无前例的浩劫中。不久前，从故乡传来一个消息，古塔将复制重建，但我听后摇了摇头，没有激发什么兴趣。

就这样，整整一个下午，我们在回忆的隧道中穿行，里面翻卷着永远消失的画面。记得，普鲁斯特曾经说过："人是活在记忆中的。"——通过回忆，我和表姐仿佛又重活了一次，那些生动的旧日子，那些贫穷中的甜蜜温馨，都像乡村阳光下的池塘，躲在篱笆和灌木的阴影里，那里埋藏着童年的全部秘密。

后来，我们终于谈到灯盏。我告诉表姐，我是一个灯盏收藏者，在我的书房里，有马灯、罩子灯、煤油灯和各种陈年灯具。我近乎迷恋地收藏旧物，每天看着它们读书、写作和胡思乱想，感觉内心踏实，似乎时光之鸟没有远走高飞。我对表姐说，我收藏了许多灯盏，但有一种灯具无法收藏，那就是在故乡人们用纸糊的一种灯，可以借助煤油燃烧的能量升上夜空，多年之后，我才知道它叫"孔明灯"。我无法向人表述它带给我多少甜蜜的回忆，在贫穷荒凉的年代，它是孩子们欢乐和遐想的起搏器。当我说完，令我意想不到的事情发生了，表姐说河岸上就有专门放"孔明灯"的，我们去放吧。面对这突如其来的天意安排，我愣怔半天，她的话让我有些不敢相信。

黄昏，我们来到河岸，在哗哗奔流的水声里，果然看到河岸上有一对中年男女在销售孔明灯，只不过这种作坊制作出来的孔明灯已经大为改观，属于环保型的灯具，不必担心它升上夜空后会有什么后果，因为固体的燃料会在空中消耗干净。而在童年放飞的那一种灯，孩子们是要狂追而去，直至看到它从天空落下。——不管怎样，我们许了愿，放飞了两盏孔明灯。望着冉冉升起的光束，我的头一阵晕眩，零星的雨滴飘落下来，砸到河里；而大红的灯盏，掠过树梢和山脉，扶摇上升……

幽寺

1. 宝藏

小时候，我珍视每一个夜晚的来临，当月亮的光芒溢满了窗台，山谷升起淡淡的氤氲，大地被蒙上一层黑色的帷幕之后，我动作快速地钻进被子，蜷缩的身躯构成一只猫的形象。然后，我进入睡眠的幽深地带，隐约感觉到窗外每一秒细碎的变化，一切都是轻轻的，静静的。

墙上的时钟在嘀嗒走动，秒针正接近一个圆圈的尾部，整个世界都暗下来——院内的白杨树上正忙碌着收集白霜，有疤痕的树身上闪烁着晶莹的颗粒——是的，整个世界透着神秘，甚至是莫名的，连屋角的木柜子都散发着诡异的气息。

大人们是不知道的，在我的内心，一直埋藏着一个无法言说的秘密——我之所以喜欢夜晚，仅仅因为在睡眠之后会有奇幻的景象出现，准确点说是一种奇妙多姿的呈现：当倦意袭来，睡神伸手把人拉入幽深的睡眠时，梦境呈现了，我稀薄的意识顿时进入一个无限蜿蜒的洞穴，灵魂看到比白天更加丰饶多姿的画面，另一个世界的门向我打开。

在那个类似仙境的世界里，草野被风吹开一条绿毯，太阳若露珠般晶莹，而人可以缓缓地飞翔起来，去摘取圣树上黄金的果实。梦境中没有现实生活中的繁文缛节和复杂琐碎，行动的迟缓或敏捷，身体只需轻轻地抖动，便可完成各种高难度的动作。

有许多次，我与神话中的人物在梦境相遇，他们面目虽然模糊，但却亲切慈爱地抚摸我乱糟糟的头发，我能真切地感受到他们抚摸的温度、速度和力度。我站在他们中间，像一个被神护佑的孩子，承受着甜蜜的委屈，放弃所有的抵抗。最后，他们送给我许多当时堪称贵重的礼物：一面镜子，一把梳子，一个旋转的铅笔刀具，一个漂亮的滑轮车。我捧着这些黑漆漆的财宝，内心升起一种至高的荣光，我用手小心地摸索着这些在现实中很难得到的礼物，内心涌动难以表述的惊喜。

遗憾的是，当我醒来，这些东西全部不翼而飞，枕边空空，什么也没有留下。在整个白天里我郁郁寡欢，陷入一种怅然若失的情绪，夜晚的情景在脑海不时闪烁，重温的画面让我神往备至。这就是梦境带给我的最初印象，它像一个迷人的洞穴，闪着诱惑的光亮，而洞穴的尽头便是堆积如山的宝藏。它们像一眼看穿的秘密，具有短暂到绝望的性质，叶片上的露珠，遇到阳光就会蒸发。然而，一次次地，我愿意放弃一切穿越洞穴，去接近那些一闪而逝的宝藏。

2. 歧路

在虚拟的乡村天堂，乏味漫长的冬季是最难打发的，大雪往往一下就是三天三夜，我住在萧瑟的果园里，满眼都是白茫茫的积雪。有时风呜呜作响，把雪粒吹上更远的地方，堆积成一块礁石的模样。高高的柴垛，钻天的白杨树梢，雪地上莫名的爪痕，制造出一种莫名的气氛。我唯一的乐趣就是与村里的伙伴们会合，互相讲述并分享昨晚经历的梦境。大雪深深没过膝盖，黄河故道上的冲积平原，喜鹊在白杨树枝上的清脆喧鸣。一望无际的雪野，河岸上移动着马车的影子，远处传来黄牛在雾霭中偶尔发出的哀叫。我把围巾裹严，吹响口哨，影子在忽明忽暗的光里晃动，深一脚浅一脚，去赶赴同伴的约会。我们在寒风中，在老磨坊的碾盘边，在柴草垛的背后，在冬季一缕清寒的微光下，用极其神秘的语气互相交换各自梦中的所见，好像沙漠甘泉，饥肠辘辘中的旅人突然遇到奇珍圣餐。

哦，多么贫穷寂寥的乡村呵——伙伴们每个人的口袋里都藏着一只弹弓，白天里会歪斜着眼睛击落树枝上某一只倒霉的麻雀；夜晚则在枕边放一把自制的木枪睡眠，听到窗外有异常的动静，醒来后的习惯动作是先把木枪抓在手中，其实这都是来自电影《地道战》《地雷战》的人物模仿。正是因为一场场脸谱化的电影，英雄主义情结被悄然播下，在心里生根发芽，日益壮大。于是，在梦中，他们都渴望成为银幕背景中的人物，小小年纪便抱定为成为英雄不惜捐躯的念头，有一度他们到处寻找光荣献身的机会。在伙伴们眼中，死亡大抵如梦境般虚幻美妙，人死一次是不够的，死了以后还会再醒过来。传说猫的命有九条，人的命应该有十九条，甚至更多。而年幼的我，却早早地知晓了死亡与睡眠的区别，这是我与众多伙伴的区别之一。其实，身边有太多的事物证明死亡的存在，如田间密布的荒坟，村子里难产死去的女人，某一辆从镇卫生院拉回的板车上面盖着白布的死尸，以及在夏天飘着萤火虫的夜晚各种关于鬼魂的传说。

　　在难忘的一九七〇年代，我的三个童年伙伴先后死于非命：1. 有一年生产队里的仓库着火了，一个伙伴奋不顾身地钻进去救火，却再也没有出来，人们议论，凭他孱弱瘦小的身躯根本不具备救火的能力；2. 有个伙伴学雷锋做好事，夜半时分到大街上清扫积雪不慎落入井中淹死——在我的印象中他极其聪明，学习成绩在全校排前三名；3. 第三个伙伴则死得更加耐人寻味——他捉住了村子里的一位"阶级敌人"，因为那个人在村头的晒场上偷了几穗集体的玉米，他抱住那个人的大腿不松手，要把他交给民兵连处理，两人发生争执，在争斗厮打中伙伴被对手活活掐死。这是一桩轰动乡里的杀人案件，杀人犯在几个月后被正法。行刑前他被五花大绑，在全镇游街示众。我躲在人群中朝里张望，看到那个人被揪立在一辆敞车里，光头低垂，肩膀上插着一块牌子，那是罪恶的标记。然后，砰的一声枪响，一个蒙昧鲁莽的生命宣告结束。

类似的案件在我的幼年时代曾经屡次发生,这是当时每个中国乡村里都有过的悲剧,案件的起因大多不值一提,小到几穗玉米、一株麦穗或者一盒火柴。

那些天真幼稚的孩子,生命永远终止于第十二个年头,尤为令人嘘唏的是,他们的牺牲甚至连个开追悼会的荣誉也没混上,混沌无知的村人并不把他们的死与某种高尚的情怀联系在一起。在荒凉的乡村,人死了也就死了,茅舍与灶台依然清冷,草木灰在宅田菜地泛着白光,枯树和芦苇在寒风中瑟缩。

那个杀人犯被镇压的黄昏,我独自一人在村头游荡,满眼都是鼓噪的乌鸦,冷风飕飕钻入衣袖,莫名的孤独感弥漫了冬天干冷的道路。我感觉哀伤。令我哀伤的不只是子弹穿越脑壳脑浆飞溅的画面带来的刺激,而是我永远失去了三个志同道合的"追梦者"。对我而言,这意味着一个重大改变:自那以后,我的梦只剩下了自己一个读者——早晨,分享圣餐的喜悦冲动没有了,冰冷的灶台上,只剩下几根茫然失落的残骨。

3. 禅院

聚会:朋友们热烈地谈论起各种神秘灵异现象,其中有个家伙是个彻底的怀疑论者,他认为世间存在的一切现象都是可以解释的,而那些在网上被热炒的灵异视频,皆出自某些无聊好事者拙劣的伪造——为了满足人们内心的猎奇需求,他们刻意安排,在夜间排演了一场又一场所谓灵异事件，经过电脑的技术处理，大肆渲染，赚足了人们的眼球，满足他们可耻的虚荣心。总之，在他看来，世间万物没有什么神秘可言，山有山的法则，水有水的源头，一切都是非黑即白的二元对立。关于梦象，他认为"日有所思，夜有所梦"的说法已经足够完成对其全部的阐释，是人潜意识中的"一种精神兴奋活动"。席间引发小小的争议，人们无法说服他。我默默地冷观了这场争论而不一置一词。如果放在过去，我会忍不住与之大吵起来。但现在我已经感觉到争论是虚无和徒劳的，我只是在心里认定：做梦这件事没这么简单。我认为在人类所有的感知系统中，它是唯一一桩可以"触摸"得到的神秘的现象，人人都在枕边与奇幻幽会。尽管人们对此早已习以为常，不加深究，进而忽略了它的唯一性和神秘本质。按照弗洛伊德的哲学观点，把做梦现象一股脑地打入性学，更是直观到可笑离谱，不值一驳。比如，既然春梦只是梦境内容的一种，就不能把所有的梦种都归结于性的反映。如果白天的想法直接在梦中体现，那些离奇的荒诞景象就不会存在：梦境与现实的重大区别在于，前者是非逻辑的，甚至完全脱离于大脑的支配，有许多梦的画面远超于个人想象——人可以振翅在太阳下低飞，春天返青的麦苗在睫毛下掠过。而且，梦中的行为有一个最大的好处，即可以不必为后果负责，哪怕在梦中做出了严重到可怕的事情，也不会构成任何现实的麻烦。尽管，如果在悬崖的绳索上行走，要经历同样逼真的心理体验，小心翼翼，具备同样惊心动魄的危险，但只要睁眼醒来，惊险就会在瞬间获得清理扫除，一切都没有真正发生，那些墙的坍塌，山体的陷落，日光的倾斜，原来不过是一场上帝布置的演习。这种危险体验的成本等于零，正所谓一场虚惊。假如你梦见失去了一条腿，那只是神灵在提示你今后要更加爱护自己的腿而已。讪笑之余，惊恐的瞳仁会在一秒钟内重返宁静，归于常态。

然而，在活生生的现实中，有许多人却因为接受了梦的开示而改变了行进的道路，作出了扭转命运的决定。这使我产生疑问：梦境，果真是一切都没有发生吗？

在一个苍茫的冬日黄昏，我流连驻足于一幢幽深的寺院外围，残阳如血，一切都是偶然的，是无意中的观察与留意。那红墙灰瓦的高大建筑把阴影投射到麦田上，有隐约的诵经声自寺院内传来，但我围绕它转了一个圆圈后竟然没有发现入口。是我忽略了么？门在哪里？整个寺院通体神秘，像川端康成笔下经典的幽寺，但又似曾相识，瓦楞上的荒草，风中飘来的气味，都给我以重温感，沿着一缕烟就能抵达回忆之乡。在疑惑与忐忑里我怀疑这幢寺院曾经在梦境出现过，或者眼前的画面干脆就是一个梦境？我咬了一下手指，感觉到真实的疼痛。后来，我还是找到了一个窄窄的巷子，它被一株粗壮的老树遮拦着，以至于粗枝大叶的人难以发现这里有一个通道，这是故意的遮蔽，我一时不明白设计者的良苦用意。我被莫名心理驱使进入巷子。光线忽明忽暗，焚香气息扑鼻，周围死一样寂静，脚步绵软，感觉像行走在梦中一样恍惚。

4. 居士

眼前呈现的画面出乎我的意料，寺院内美得像一幅静止的水墨：院落干净整洁，积雪被清扫得颗粒不存，院内的两株腊梅已然爆开，一股清雅的芬芳在空气中弥漫。

"禅院里的花，香味比雪更纯。"我的脑海里突然涌出这句不知出处的诗。

凭借一点不好意思的佛门知识，我双手合十，念诵阿弥陀佛，很快与住持搭上话茬。他是一个上了年纪的僧人，脸上表情单纯温和，网形皱纹松弛，像开片的瓷器。我们在火炉前对坐，用一把老铁壶烧开了水，泡了一壶陈年普洱。茶香四溢，烛光照亮了供案上的一尊莲花佛像，旁边有一个铜质香炉。

原来，这座叫作"梦禅寺"的佛家修炼之地有一番来历：修建这方圣地的人是位居士，其原本是个普通平常的家庭主妇，时年50多岁。一天晚上，她梦见一个模样俊俏的孩童在寒风中哭泣，孩童的衣衫破旧，赤脚在雪地上冻得通红。这让她善心大发，上前抱起孩童，哄了又哄，并且把身上的衣服脱下来给他穿上。梦醒后她感觉奇怪，因为梦太逼真，让她整整一天都心绪不宁，眼前晃动着孩童的影子。此后，连续三天她都梦见了这个孩童，目光清纯如水，满面忧戚，望着她似有话说，却欲言又止，只是泪水长流。居士问其来历，不禁唬了一跳：孩童自称太子——南朝梁代著名的昭明太子！这是个不幸英年早逝的孩子，自幼聪慧过人，名萧统，他是诗人，学者，编撰存世作品集《昭明文选》30卷。居士虽然大字不识几个,但早从小就从乡人口中得知太子的大名和有关他的传说,忍住惊讶上前询问,太子泪水涟涟,边哭边说,居士听了暗暗吃惊。原来太子落难,无处可栖,其修炼道场在遥远荒僻的东天目山,数年前寺庙被毁,如今已成废墟,风雨剥蚀着碎瓦残片。太子言频繁造访打扰,是看到居士慧根大德深厚,即向她求助,主持修复其寺院道场……居士闻言,一个激灵中醒来,太子清晰的语音犹在耳畔回响,屋子里似乎萦绕着太子的哭腔,急忙开灯,记下几行字,歪歪扭扭,却藏下一个隐秘天机。

几天之后,居士作出一个惊人决定:独自一人,远赴东天目山修复道场,也就是说,她是如此固执地爱上了一个虚无的梦境,不由分说地信赖一个梦境,义无反顾。对于一个家庭妇女而言,作出这个决定的难度可想而知,她要承受各种压力,被周围人议论嘲笑,被家人视为疯子。但她意已决断,不可更改。居士身背行囊,从鲁地出发,独自深入东天目山寻找旧道场遗址。此前,她从未想过世间有这样一处荒芜的山峰,会与自己发生关联。奇怪的是,梦中的景象被一一验证,道场的原址在深山峡谷中很快找到。她感觉兴奋。这让她认定了神谕的存在,坚定了她修复道场的信念。当晚,她又梦见了韦驮菩萨——韦驮菩萨以护法著称,相传整个天目山都是其最早的道场。这对居士来说,一切都在验证,再大的破坏也没能赶走神灵。韦驮在梦中叮嘱居士要有吃苦的精神准备,修道场需经历八十一难才可做成。果然,在此后的日子,她承受了雨淋风吹，冰霜雪打，寒冷、饥饿、蚊叮、虫咬、蛇缠、熊袭、兽攻、火烤、水淹、雷击……如今，十多年过去，堪称庞大的昭明寺道场宣告落成，东天目山恢复了一千年前的热闹，前来朝拜的香客络绎不绝。莲花灼灼，世上又多了一处佛门圣地，在不停地向人间传达佛愿，并且影响四周。而居士也已经进入年迈老境，她端坐在红木椅上，神态安详，表情放松，目光释放出自然流露的舒适宁静，焦虑消失。这让我明白了一个道理：当一个人完成了一件自己想做的事情，心就安了。无论身在俗世，还是念佛、修道，甚至习武都一样。她修复了昭明寺，昭明寺也成就了她本人。阿弥陀佛！

居士在南方完成她的心愿后，便返回鲁地，又八方筹措，新修了这幢我所见到的梦禅寺院。

我喜欢这座寺院的幽寂地气：人置身其中，会嗅到一股暗香气冉冉上升，周围静若幽梦一帘，让人产生虚幻迷离的隔世之感，效果其实来自居士的精心设计，她要以此纪念梦境所带来的觉悟与启示。

5. 死魂灵

有人说，梦是没有色彩的，一个人观演的全过程，恰如欣赏一部黑白电影。但是，据我本人的体察经验判断，梦的像素大多不高，颗粒缺乏细腻，画面比较模糊，聚焦不够精准也是事实，但它同样具备色彩感，梦中的大地同样繁花似锦、硕果累累。也就是说，梦画并非经过艺术处理过的图像，而是接近生活本身的颜色，如果说其中有差别，那就是梦中的图像更为幽暗，在亮度上类似阴雨天气的拍摄，缺乏现实的温度与质感。

在现实中，人很难以绝对观众的心态超然于自身之外，来远远地观察自己。但梦境的出现改变了这一局面，而且这是一部根本不需要投资成本就可以欣赏到的微电影，制作简单，闭上眼睛就可以迅速投入生产。

另一种说法则流传甚广：梦见死去的亲人无法对话，对方是沉默的，表情与眼神是呆滞的，因为人死后灵魂已经变成一缕轻盈的气息，丧失了语言表达能力，或者说其已经无法承受一句话的重量——当他从口中吐出一句话，发出声音时所产生的磁场能量足以把灵魂的躯壳震碎，脆弱的身体外形瞬间化为一堆碎片。这一刻的灵魂会有痛苦吗？我猜不透，我只知道生命的痛苦往往伴随着肉身的疼痛，以至波及灵魂的痛苦触须，而作为灵魂本身一旦丧失了肉身载体，这一定会让灵魂的痛苦大大削减。试想一下，假若灵魂果真存在，并且是背负着深刻的痛苦，那么死亡后的世界该是何等恐怖——会漫天都是嚎叫的歌哭。我想，智慧仁慈的神是不会这么安排的，那太残忍。总之我认定人死后的灵魂一定是漂泊、木讷和无奈的，不具备敏锐的道德羞耻感和坚硬高贵的精神毅力，更谈不上立意辽阔的目标追求，甚至是极其笨拙、惊慌失措、探头探脑的形象。

奇怪的是，两年来，我与死去父亲的"沟通"却"保持"畅通，在梦里，父亲依然像活着时一样侃侃而谈，有时是喋喋不休地说话，他笑起来依然魅力十足，有一次居然真切地开怀大笑，笑声惊扰了睡神，我当场醒来，呆坐床前魔怔了半天，然后眼睛开始湿润。我因此坚信，父亲在另一个世界是快乐的，至少是安详的。尽管，他每一次在我梦中现身，背景画面都破旧不堪：阴暗的屋舍，幽怨的光线，悬挂的蛛网，糟烂的桌椅上摆放着陈年古物，木门后摆放着米缸瓦罐等生活物什，在恍惚的意识中我判断是故乡老宅。而且每一次，我都明确地意识到他和死去多年的爷爷以及二爷在一起，这是一个符合逻辑的变化。看得出，父亲已经适应了死后的状态，尽管从表情上分析，他时常流露委屈、感伤和无奈，似乎是离开人世早了些，他还有许多尘世夙愿未了。他死时75岁，还不算太老。

在父亲死后的头一晚，我负责守灵。灵堂设在一个城郊尚还未投入使用的新居民区内，周围一片荒凉、寒冷、积雪茫茫。年节临近，灵堂外有饥饿的野狗出没，我几次抄起木棍驱赶野狗，有一次击中了野狗的后腿，它在黑暗中发出一声嚎叫，然后逃离。唯一的亮光是父亲遗体旁的三支蜡烛在风中摇曳，我对着静静仰卧的父亲磕了三个头，说到了那边，如果缺少什么，就给我托梦。但父亲死了一个多月，我却从没梦到过他。不是我不想他了，恰恰，在这一个月内我的日子极其煎熬，时常夜半醒来，望着他的遗像流泪，耳畔回旋着临终前的每一句话，一个细微的动作。在最后一刻，他的神志和思维依然清醒敏捷，这让我的痛苦格外沉重。在我看来，死神将那些能量耗尽的生命取走才合乎自然规律，也易于让亲人接受。

父亲死后第一次进入我的梦境是在两个月后，梦中的画面至今让我震惊：他孤单可怜地坐在一个小餐桌前，表情严肃，在默默地吃一碗面，我甚至嗅到一股被油煎过的葱花气味。我在心里明白他已经死了，但还是像以往一样小心地走近他，叫了他一声父亲。他冷漠地看了我一眼，没有搭腔，把脸扭向一边，继续吃面。这时候，我隐约注意到，他所处的环境是陌生的，身边有一些人影穿梭，烟雾蒸腾，只有一缕微弱的光从门廊上方投射到桌面上。我的心跳得厉害，认定那是一家简陋客店。第二天，我又梦到父亲，他开口说话，说他到了一个新环境，一切从头开始，一切都好，他需要一双新皮鞋，要42码的。早晨醒来，这个梦仍然清晰可触，像一句鲜活的叮嘱。我打算9点钟到超市去买皮鞋，而可巧这时客厅的电话响了，是大姐从故乡打来的，第一句话就说她梦见父亲了，他缺少一双皮鞋。这让我暗暗吃惊，紧张得毛发竖立，话到嘴边又咽了回去，未敢说出与她在同一时间做了一个内容相同的梦。我怕因此引起大姐的恐慌与怀疑——她或许不相信这是真的。事情的结果是我未到超市购买皮鞋，因为大姐说只有纸做的东西阴间才能收到。第三次梦见父亲是半年之后了，这一次他很高兴的样子，似乎是刚喝了酒，笑声朗朗，大声说话，身后跟着爷爷和二爷，这让我感觉安心。

两年多来，每当我梦到父亲，我都会在第二天驱车到寂静无人的十字路口给他烧纸钱，望着火焰一页页舔食那些黄色的草纸，一边喃喃自语。在那一刻，我相信地下的父亲能够听到。父亲的突然离去，让我参悟，舍得放下，不再贪痴，懂得了人生的定数，努力、失败、成功、辉煌、黯淡……最终却都逃脱不了衰老枯萎的结局，这是最公平的天理法则。当生命的大限来临，梦境便如雨后天空架起的一道彩虹，成为死者与生者、阴间与阳世的唯一桥梁。

6. 幕后

大幕徐徐拉开，有一点至今令人疑惑——既然自己是梦的主角，真切地感受着欢喜与疼痛，那个躲藏在幕后的观察者是谁？是自己像个摄像机般观察跟踪着自己，还是另有其人？如果另有其人，这个人是谁？难道是上帝或者其他的神明？依照个人经验分析，并非每一个梦都具备意义，事实上，多半的梦是零乱的，像铁丝网或田野上的藤萝一样零乱，这样的梦很快被遗忘。只有极少的梦才具备神谕、暗示，有深奥的隐喻力量，会开启一个人内心潜藏的智慧之门。在某些得道者看来，一幢房子，一株树，一片水域，船只和僧侣，都是上苍之神馈赠的隐喻与暗示。当然，读懂这隐喻与暗示的人凤毛麟角。

而且，既然梦境来自一道神谕，是神有意识透露的神秘一角，那么它与现实的结合点在哪里？假若完全依照它的指引腾空飞翔，它在现实的冲撞面前是否会通往跌落的陷阱？在信赖与怀疑的比率中，需要保留多大的参数？这成了一道难题。世间原本存在着许多未解之谜，奥妙如宇宙、星空、天堂、地狱、宗教……追究下去，只会让人类陷入玄想的疯狂与绝望。

  而美梦,却是如此曼妙,就像一座幽静的禅寺——水珠在莲叶上滚动。

海边炉火

1. 在轮下

我忆起海边的炉火,隐隐燃烧的木炭,楼道里响起的脚步声,以及黑漆漆的门廊外简陋的报箱,佝偻的身影,咳嗽的声音,地上的纸屑。那是 20 年前的事情了,那些悲喜交加的日子被我珍藏至今,就像一本书,一闲下来就忍不住读上几页。时间是十一月,阳光被风吹得很无力,像无数悬挂在树枝上的紫藤花,垂下季节哀伤的眼睑;公路两旁的白杨树,收缩了孔雀般的羽翎,露出了客栈的木窗棂。有一个装扮恶俗的女子,在路旁招揽顾客,车窗闪亮的瞬间,我看到她的眼睛里似乎有泪水盈出,兴许也是被风吹的。

我拥有一个文艺青年的时髦身份,在疯狂写作散文诗,有许多诗稿都是在会议上、酒桌上甚至大街上写就的,常常一写一个通宵,第二天,我把写好的诗稿工整地誊写在带格子的稿纸上,到镇上的邮局,投寄给远方神圣的殿堂——文学杂志。然后,剩下的日子极其难熬,每天都在忐忑中度过,期待的焦灼感撕扯着我,自此连一个字也写不下去。直到杂志社那边的消息来了,不管消息好坏,却都能让我恢复平静,很快开始酝酿新的构思。后来,我意识到这是一个坏习惯,就说服自己改掉,并听从恩师的教诲:每写完一篇东西,不要急于寄出去,在抽屉里放一放,赶快写新的,当新作完成了,再回头修改旧作。事实证明这个办法灵验,它不但按捺住了我那颗急于求成的骚动之心,还让我训练出一门超常技艺——能够在瞬间关闭自己的听觉和感觉系统,迅速进入另一个冥想的世界,那个世界浪漫温馨、柔软而生动,与乏味的现实筑起一道高墙。那时候,我可以在厨房一边做饭一边写作,可以在会议室、厕所和候车厅,甚至是在喧闹的街头,身体倚住一面墙壁,支起一条腿就能进入快乐的写作。如今,谁能做到对纷乱的人流视而不见?

我的读书量极其有限,鉴赏水准也处于低幼的层面,尤其是书读得芜杂,对经典名著也没有格外的耐心,感觉吃力,或者读不出"好"在哪里。尽管,买书的习惯在少年时代就已养成,在小城里,我属于书店的常客。有一度,我把买来的书随手送人,错误地以为一本书读过了就会装在脑子里记牢,但时间一久,读过的书内容被淡忘,若想查找核实时书已不存,在我的单身宿舍里,写字桌上永远有一排整齐的书籍,一摞稿纸,一支笔。直到有一天,我到省城拜访一位响当当的小说家,他在家中请我吃饭——餐桌上摆放着一竹筐大包子,羊肉胡萝卜馅的,每一个热腾腾的包子上面,都沾有一片散发着清香的老玉米皮。这是典型的胶东吃法,让我感觉餐桌上萦绕着一股田园气息。饭后,他引领我参观他幽暗密室般的书房,随着一道光线铺开,我当即被震惊:占据了三面墙壁书架,直直地通到屋顶,满满一屋子的书……这是书的海洋,除了书,你看不到其他,我在瞬间陷入到一种虚幻状态,意识到自己的渺小。他送给我一册自己新出版的书,郑重地签上名,见我的目光始终不肯移开浩瀚的书架,似乎是看透了我的心思,嘟哝道:"书可不能随便送人哪,送出去就再难买到了。"

听了他的话,我感到脸上微微发烧,心里咯噔一声,被什么狠揪了一下。在从济南回来的路上,我反复思忖着这句话,从此改变了随便赠书与人的坏习惯。我在想:人活着时遇到一个什么人,听到一句貌似平常的话,都是多么重要,都会让你在瞬间想到改变早已熟稔的生活,这空洞而乏味的生活。

雾蒙蒙的冬季,满眼都是被人踩脏的雪,地面上扔弃的纸屑,随地卷起的阵风,从光秃枝条上散落一地的叶片。像空空的鸟巢,我的生活充满了文艺品质:一个接一个的聚会,小合唱,诗朗诵,笔记本,文学社……白天萧瑟的树影,夜晚满天的繁星,还有一次感伤而短命的爱情——

她黑夜中眨动的眼睛,从蓝毛衣里散发出阵阵温暖和清香。呵,爱情!那个在城外小河融化之后的夜晚,那个空气里散发着迎春花淡淡香气的夜晚,在被木篱笆围拢而起的院门前,她从自行车的后座位上跳下来,忽闪的大眼睛,方格子布裙是暗色的,瘦削的肩膀靠向篱笆。

难忘文学社聚会的情景:光线昏暗的街头,摇晃的大客车,贴有标语的站牌,脖子上的围巾,乱糟糟的头发……每个人的口腔里都呼吐着寒气,怀里揣着一摞诗稿,在差不多的时间里到达一个朋友的单身宿舍。像注入了时代的强心剂,兴奋地喊叫,爆发争论时掀翻桌椅。这似乎从一开始就注定了它的波折与短寿,果然在冬天快结束时聚会被一纸"莫须有"的通知禁止,面临要么解散,要么离开的局面。社长像北岛一样瘦削,长着一头自来卷发,我们经常嘲笑他的头发"上下不分",他正在狂热追求一位写诗的女孩。他手持通知气得破口大骂,但又无可奈何,文学社的12名成员面面相觑,没有人搭腔。一帮年轻人,手无寸铁。后来,有个叫郑小文的社员,自愿献出自家无用的空房给文学社,但房子地理位置偏僻而隐蔽,在一个高高的山坡上。因为不通车,以后的聚会就都改骑单车。周末黄昏的色调里,掺杂了鬼魅,当三三两两的文学社成员相约而至,其情景让人想起老电影中遥远的革命时代,浪漫又好玩。有个大学哲学系毕业的家伙是个怪人,一年四季都戴着一顶鸭舌帽,恰似电影中某个为信仰而光荣牺牲的配角。

那些年,我总是在路上,挎包里装着一册黑塞的《在轮下》,那件穿了多年的牛仔裤被阳光和雨水洗得发白,忧伤的目光盯着道路两边萧瑟的枯木,天空翻飞着鸟翅,满眼都是肮脏的积雪。大地上有半截发呆伫立的木桩,天渐渐黑下来了,当穿越一段铁路时,我听到刺耳的汽笛被拉响,轰鸣声接踵而至,脚下掠过一阵钢轨与车轮交错摩擦的震颤。

2. 礁石

恩师在信中说:"你来吧,这个季节海边清静,我们一起散散步。"

在接到信的第二天,我从小城登上开往海滨的火车,那是一辆破旧得像老牛一样不停喘息的火车,济南至青岛,只不过我是从一个叫辛店的小火车站上车,高耸入云的烟囱把屋顶上空撒得到处都是煤灰。如今,那个小火车站已经荡然无存,成了轰轰烈烈的城市扩建运动的牺牲品,取而代之的是一片商铺。1980年代初冬的车厢里,乘客构成复杂无法分类,除了人,还有鸡鸭鱼鹅,一同制造和布置着属于那个年代的小环境。那时候,居然允许在车厢内吸烟,车窗也可以自由打开一条缝隙,让飕飕的风吹进来。好在多年来的奔波经历,让我学会了一副超常的本领,可以在瞬间关闭自己对周围的听觉,陷入一个全封闭的世界。

而每次乘火车外出,我都喜欢坐在靠窗口的位置,坚硬的车厢给我坚硬的依赖感。我的思绪是恍惚和茫然的,甚至连眼神都如此呆滞,一会儿盯向桌上微微抖动的茶杯,一会儿又把目光投向窗外的旷野:土黄色的村庄,空地上的柴草垛,收割后荒凉的田野,蜿蜒起伏的沟壑,一掠而过的冬林……旧火车从小城到海滨行程6个小时,足以让我完成对未来的设计和冥想——我是那么喜爱乡野中的景物,每一片道路上的水洼都楚楚动人诗意盎然,像镜子反射露珠与太阳的光芒。火车在哐哐行进,天边的乌云低垂,似乎在酝酿一场暴风雪。而海边的屋舍里,在眼前幻化出一组蒙太奇,有安详的老人,有事关哲学与艺术的话题,有果酱、面包和红酒的香气,有冉冉升起的炉火。

然而现实,其实远没有想象中的美妙,他瘦小、多病、敏感,有点怯懦,遇到点小事情就会连续几夜失眠,仿佛厄运又要降临;尤其让人心动的是,他贫穷。

第一次与恩师见面,是1986年春天——那个樱花街醉醺醺的花丛中,飞满了金色蜜蜂的春天!那一年,恩师57岁,我20岁。我们已经有三年多的通信友谊,地道的忘年交。现在的人们,这个年龄差无论如何都难产生真正的友谊,我们算不算是一个奇迹?相见的机缘,是一次规模不大的发奖会,我的一首叫《邮寄》的诗歌在省报举办的诗歌大赛中获奖,尽管是个三等奖,却足以令我兴奋了。

那是我的"作品"第一次得到社会的承认,那个年代的奖项多么干净和公正!远不像现在这样充满了交易、苟且与铜臭。当时,我刚刚结束了小城广播电台的编辑工作,来到鲁中一个陌生的城市,在距离上与恩师近了许多。我告别了一段流浪生涯,小城闭塞落后的生活,人们陈腐的观念,低格调的审美趣味,自私丑陋的人性,满天撒播的流言,我已经不想回忆。而恩师大概还不知晓这一变化,我暗暗得意,为能当面把这个消息告诉他感到快乐。

写到这里,有一个小插曲不得不说:因为与恩师从未见面,我对他的体貌特征并不熟悉,在三年多频繁的通信中,恩师曾经寄给我一张坐在海边礁石上的黑白照片,他双手放膝盖上,侧脸面向海洋,散发温和的气息,在头顶上方,有一只海鸥被摄入镜头。除了照片,他还寄给我一些剪报,是一些他发表过的旧作。在与恩师通信的美妙时光中,为了表达内心的一份情愫,我曾经在新年前夕寄给过他一册年历,是从书店特意挑选的俄国风景油画,这就是那个年代奢侈的礼物了。会前,我在信中告诉他开会的时间,他回信详细打听在哪家宾馆,说届时到会上找我。但开会那天,令人尴尬的一幕还是出现:在开幕仪式上,当一个瘦削老者在众人的簇拥下进入会场,大家都起身鼓掌,我以为是他来了,只见此人目光炯炯有神,一头浓密飞扬的激情长发,极具诗人气度,他和大家一一握手,当走到我眼前时我很激动,紧紧地握住那双手,说话结巴,那个人在瞬间感到异样，小声地问我是谁，我告诉他名字，他听后略略一愣，似乎是在大脑飞快地检索，表情很快恢复了礼节性的陌生，目光里的火焰渐次熄灭，他点点头，把手松开。"恩师"没有我想象中的热情，这出乎我的期待，令我大失所望，我几乎是颓丧地坐下来，心头被失落占据。误会很快消除，当天晚上，恩师的"真身"来看我了，而那位长相与之相似的老者，是北京《诗刊》社的一位名编，一位风头正健的诗人——2009年3月，我去鲁院进修，刚一落脚，有个朋友即打来电话安排接风，他约来许多诗坛前辈，其中就有那位外形似恩师的名编（但气质完全不同），他已经退休多年，头发变成雪白，脸上也出现虚肿，有树枝般的细小血筋蜿蜒呈现两腮。听说他嗜酒如命，沾酒必醉，那晚上果然醉了，一醉就骂骂咧咧，被朋友搀扶着上了一辆出租车。目睹到一个诗人的衰老，孤独无奈的晚境，我想哭。席间，说起那桩陈年旧事，诗人已经不记得了。

那一晚，我挽着恩师的胳膊，穿越玉兰树开花的街道，长有高大水杉的小树林，城市幽暗的灯光播洒在我们身上，远处有公交车奔波忙碌的声音。这个陌生的亲人终于以近距离的方式出现了，我的内心洋溢着滚烫生动的幸福感。恩师的话语亲切温婉，口音里夹杂着苏南水乡的柔软，他向我讲述苦难的过往，人生的遭遇，美好的片断……虽然韶华已逝，但他雄心犹在，近乎渴求地描绘着未来蓝图的现实。空气中始终流动着兴奋不已的情绪，晴朗的夜空也十分配合地完成着这次美好的相见。当时，恩师的家还住在鲁迅公园附近的一片杂居区内，旧房子不足二十平米，骑楼格局，没有院子。海边的夏季本来就潮湿，那幢房子却还时常漏雨，制造着更加慌乱的窘迫。至今记得，光线灰暗的室内有点像摄影师的作坊，炉灶、厨具与卧床摆放一处，中间隔离着一道布帘，帘外摆放一只小小的餐桌，旁边有一个简易木马扎。我的恩师，就是在那样的餐桌上进行写作。他的名字就是从那张餐桌上起步，飞向了全国。

后来，我们来到海边，沿着海岸线走出好远。春天的海风还有些凉意，吹着他瘦削的肩膀，浪花在耳畔哗哗有声。远远看上去，他的身影像一块仙风道骨的礁石。

3. 茉莉

她的头发密匝匝的，似乎是天然的亚麻色；光洁饱满的额头，下面是两道细弯的柳眉，眼睛又大又亮，眼皮竟然是多层次的，在与人进行一个小小的迷藏，不时翻动一下，再翻动一下。她独自坐在角落里一言不发，表情冷傲而淡然，似乎不卑不亢地观察他人的蹩脚表演，把犀利的机锋有意隐匿。长相酷似北岛的社长起身走过去，递给她一支香烟，用打火机帮她点烟，她礼貌地微笑点头，生活中早已习惯了男生的殷勤示好，像传递而至的接力，旁若无人地让香烟在自己手里完成燃烧。她吸烟的姿势优雅，进入甜美的梦乡。

我有一位画家朋友,就住在小镇的深处,紧靠山峦,像一只鸟惬意地进入巢穴,闭门独享时光的安详。她在青岛小镇居住了三年多了,每天的规定项目是在阳台上观察大海的日出日落,倾听大海的涨潮声,在潮水上涨的刹那,仿佛听得见鲸鱼的歌唱。除了给国内一些杂志做各种精美的插图,她还创作了一批批具有现代派风格的水彩和油画。在青岛小镇,她创作了一批又一批作品,画出了与青岛小镇有关的一切:坐落在山坡上的大片房屋,高大的南方嘉木,以及松林下萦绕的空气和飞翔的蜂群。

活了这么久,我们这才领悟到居住的要义。如德国哲学家海德格尔引用荷尔德林的诗篇,对其进行哲学层面的阐发,把居住提高到了一个哲学高度:"人,应该诗意地栖居"。最后结论是:"无论在何种情形下,只有当我们知道了诗意,我们才能体验到我们的非诗意栖居,以及我们何以非诗意地栖居。只有当我们保持着对诗意的关注,我们方可期待,非诗意栖居的转折是否以及何时在我们这里出现。只有当我们严肃对待诗意时,我们才能向自己证明,我们的所作所为如何以及在多大程度上能对这一转折作出贡献……"

而伟大的俄罗斯作家契诃夫说:"人的一切都应该是美好的:心灵、面貌、衣裳。"

那天黄昏,我和朋友们一道爬上了青岛小镇的山顶。

夜幕降临，在满天的繁星中，我数出了几粒清澈的星星，将它们放入我要写的文字中，我把那些散发负能量的星星从口袋里剔除，留下最亮的七颗。

我们去看邓丽君

雨水不大,只是轻轻滑落,像萤火,更似生命。一滴滴的清晰可数,有点儿黏稠。我想,这大概就是那种近似于中国南方黑瓦屋檐下滚动如珠的细雨吧,不影响路上的行者,也不影响某一头黑水牛在河畔懒懒从容地吃草、摆尾和哞叫。一路上,心里默记起那首流行大陆十几年的老歌:冬季到台北来看雨。歌子似乎是孟庭苇的原唱,没错儿。这位当年的清丽少女,曾经拥有众多骨灰级的"粉丝",如今已经为人妇为人母,躲在台北的别墅楼群中相夫教子,过着世俗的日子。我想,这大抵就是每个人的归宿吧,就像伍尔夫所言,一个人无论拥有多少世俗层面的成功与喧哗,最终都要撤退到一幢属于自己的屋子。

就像一朵艳丽的花,它已经开放过了,播撒出独特的幽香,剩下一盘凋谢的命运冷餐,供人世间回味品尝。

沈先生开的大轿车,在雨中轻盈地穿越野柳,驶向基隆。我们先是在朱铭美术馆参观,并在馆内用了午餐。然后,车子七拐八拐,吃力地攀上山坡,兀现一条被雨水冲刷得光洁的小路,通向金宝山墓园。在半山坡,开辟出一个平整光洁的园子,一代歌后邓丽君,就在这里长眠,谓之"筠园"。墓碑前摆满了水灵灵的鲜花,墓园周围更是遍地生长的植物。那首著名的《甜蜜蜜》,仿佛从远远的时间里飘过来,随雨丝飘荡,勾起人的回忆和思绪。一曲歌罢,换了"好花不常开,好景不常来,愁堆解笑眉,泪洒相思带……"这是她另一首著名的歌曲《何日君再来》,它道破了人生的本相——短暂、伤感、恍惚,虚无得没有意义。这首歌让人心底泛起悲酸,泪眼迷蒙。我注意到在墓园旁侧,有一架老式铜质留声机喇叭,这是墓主身份的说明与象征符号。而园子里摆放着一架巨型地面钢琴,则闪耀着独有的创意之光。

她的墓园很美,甚至可以用"温馨"二字来形容。首先,给人的第一感觉是没有墓地的阴森荒凉感,尽管墓地的组成结构,采用了司空见惯的黑色大理石原料,散发庄重、简洁与高贵,这与她平生的喜好吻合,加上弥漫园子的歌声,仿佛是她本人在向世人述说:我还活着,我还活着,还会在舞台上出现……

她其实是个简单纯粹的人,在42年短促辉煌的人世年华里,几乎没有与人发生过争吵,她获得的掌声与影响波及面如此广泛,名气可谓家喻户晓,却又很少遭受到嫉妒与攻讦。这自然是有深层原因的,与她平时的做人低调平和有关,也与她素来不与世俗斤斤计较有关。她死后留下近两个亿新台币的遗产,但人们不会因为金钱而记住谁。金钱在经历生命之后很快化为废纸与灰烬,它不会再给我们一个天才级的歌后。上帝也没有给她一个世俗的婚姻和家庭,但却并没有妨碍她与甜蜜浪漫的爱情相伴,尽管它们来了又走,聚了又散。而这,其实就够了。

我毫不隐藏自己是她的忠实"粉丝",在那个物质与精神都荒凉贫瘠的年代,她的歌声曾带给我光亮。直到今日,在她死后近16年的时光里,我几乎每天都会在案头或车子里播放她的歌声。如果追溯一下,时光会返回到20世纪80年代,当时我还在河北某地服兵役,夏天,随连队到一个大水库进行军训,天气闷热而窒息,打蔫的树林与草地里传来知了的鸣叫。几个年轻的士兵围着连部里唯一的一台座式收音机收听国际国内新闻,不知是谁无意中调出一档节目:澳洲广播电台音乐之声。是的,一个事后迷住了几代人的声音穿过厚厚的世纪之墙,清晰生动地回旋在我们耳边。大家当即都愣住了,自此知道世上还有这般缠绵如来自天籁的歌声,知道了有一种纯自然的能量比亢奋的口号更有魅力,也更容易让灵魂溃碎,更容易软化那些粗糙而坚硬的心肠。

邓丽君,邓丽君,从此以后,你成了我们心中的女神和乌托邦。无论在荒凉的穷乡僻壤,或者在灯红酒绿的现代都市,哪里有你的歌声,哪里就有一丝人间的温暖、亲切和纯真的照耀与回旋。

时光真快呵，一晃都快 16 年了，你走的情景仿佛还在昨天，但的确已经 16 年过去了。镶嵌在石头里的照片依然笑得那么甜美，世间的模仿者仍是层出不穷。她们仿你的唱腔，仿你的台风，甚至仿你的一声咳嗽和娇嗔，但却没有一个人将你的神韵还原成功。她们错了，忘记了"天才是学不来的"，也是不可仿制的，就像一场具有原创意义的雨不可仿制一样。

伫立筠园，用手抚摸着她的墓碑，一股冰凉的气流传遍掌心，仿佛接收到来自另一个世界的信息。这让我不禁想起少年时代，曾经无数次在梦中期待与她相见，坐在台下做她的忠实听众，或者极其庸俗地献上一束鲜花。我知道这个梦，再也不能变成现实。但令我万万没有想到的是，我们最终竟会用这种残酷的形式进行了一次会面——我想，如果她在地下有知，并且保持着记日记的习惯，会不会写下这样一段话：台北落雨。一个"粉丝"从大陆来了，2010 年 1 月 5 日。

在车上看的资料片上，听到她的长兄邓长安用低沉的类似鼻塞的语调说："昨天晚上，我梦见我的妹妹了，她说她就要投胎转世，在法国。"

法国，应该是她一生里留下美好记忆的地方，有她最后的爱情体验，那或许是她心底最为幸福的收藏。——哦，那个比她小了十五岁的摄影师、貌似孩童、名叫保罗的男友，如今又流落何方？

而这美好的"转世"之说,是听众的一份心理意愿与亲人的疼痛安慰罢了。

嗯,罢了罢了。我敢说,在当今假唱成风的浮躁舞台,上帝不会再将一个如此完美的邓丽君,轻易送交人间了。

邓丽君,邓丽君,在她的内心,流淌着永恒的雨水和悲伤。

蜘蛛的布阵

夏天，我把足迹反复印在了一座海滨城市的幽暗街道。每一次时间安排都很紧张，马不停蹄地办理事务、会友、吃饭……步履匆匆，满眼尽是市井人流，广场绿地，没有闲暇去海边漫步，或者到棒棰岛上看景赏月。

我弟弟安排了去海岛的行程，说是玩玩篝火什么的。当时答应下来，但第二天又失了激情，想自己过了玩火的年龄，于是作罢。

这一次，是听说有个小旧货场，如果眼力不错，可以淘到旧货，捡块残砖断瓦。我经不住发财梦的诱惑，进去走了一遭，看到几位老乡正铺开一块红布，摊位上摆着些貌似古玩的瓷器、青铜、木雕和弯刀，个个像真，又个个似假，随手刮掉一块青铜绿锈，像从一张福利彩票上刮奖，结果刮出"谢谢您"仨字，即将古玩放下。

旧货场地处市区的公园内，倒是十分热闹，人们三五成群，东一伙西一伙，人声鼎沸。开始我以为是在搓麻将，凑近了才知道是在打扑克。海滨人玩扑克，玩到这般境界，也是一景。我很纳闷，玩扑克不比下象棋，怎么还会围得水泄不通？朋友就说扑克和其他游戏一样，有多种玩法，在当地有一种著名的玩法叫"打滚子"，玩得投入了，别说双方选手，就连观赏者也照样能从中获取诸多快感与乐趣。有一种人，天生适合做职业"粉丝"，每天起早贪黑，就是为了观赏别人输赢，自己却从来不做操盘手，他们觉得这样更加安全。

在公园里，看到一株老树，树枝上悬挂着一张巨大的蛛网，身着黑袍的主人在上面忙碌地织网，用心专注，怪异之相十分醒目，堪称奇观。

蜘蛛是守株待兔的高手，它依靠嘤嘤飞来、粘在网上的虫子觅食生存，获取美味。说真的，我有点羡慕它在一张弹力很强的网上逍遥一世，真是作为此种生物的福分。哦，这位出色的纺织匠，卓越超凡的游戏大师，在欣赏自己作品的同时布下猎杀的八卦阵。

谁都不会想到，在城市喧嚣的背景下，上帝仍然会忙中偷闲，给这自然界的物种留下一片小小的乐园，并且，纵容地让其拥有不必费力即可享受猎杀的特权。

几天来，弟弟向我讲述发生在这个海滨城市里的奇闻逸事，比如一辆车子停下来等待红灯，结果被早已停靠在路旁的一辆工程维修车的大铁铲砸中，车内二人当场毙命，死得真是冤枉。这类事时有发生，你有权把它们的发生当作一场巧合。值得争议的是，此前有辆车闯红灯跑了，逃过一劫；后面这辆车如果停在原地不动也不会中枪，但车主习惯性地朝红灯线开了一米后停下，铲车砸了下来——实际上，是把嘴唇朝死神的脸颊狠狠地贴了上去。而那个违章者却神奇地从魔掌下得以逃脱。从时间上解析，事件的前后，只差五秒钟。正可谓五秒定生死呵。

这让我觉得，神的规则和人的规则完全不同。就宇宙而言，其实压根就没有时间这个概念，宇宙最不缺少的就是时间。当然，常常是如此——大把的时间被人类浪费掉也不觉得可惜。

但有一些时间却无比金贵，分秒之间决定人类各种游戏的成败和生死。

这是被上帝计算过的时间。

从公园归去的路上，我一路无话。仰脸望天，感觉天地恰似一张大蜘蛛网，而自己，是一只何等悲哀的虫豸。

残月

"先生,请问——这是为什么呢?"我盯着他看,忍不住摊开两手,发出明亮的疑问,面对这位伟大的诗人和神秘主义者,我的举止欠缺礼貌。其实,他应该懂得我的,因为我是在对爱情发出疑问。他坐在一把旧藤椅上,金丝眼镜片后的眼珠一动不动,似乎是被我的问题难住了。他手里拿着一卷发黄的书,已经读到第某某页。

以上情形,是我与爱尔兰诗人叶芝见面的一个场景。说来话长,我与叶芝先生大约见过两次面。当然,第一次是在梦里,第二次也是。但我与他第一次会见的画面却至今记忆犹新:地点伦敦,时间是冬末,街道上有残雪可见,他样子慵懒地裹着一件灰大衣,守着一片壁炉的灰烬,说话慢条斯理,旧藤椅在他的身体下不时发出一声怪响。值得一提的是,临分手前,他送给我了一只挖耳勺留做纪念,嘱我将它放到左边的那只耳窝里,可随时取出,并就地清除堆积在耳膜上的小垃圾。

从叶芝先生家出来,天有点冷,布有残雪的路面仍然很滑湿,我掏出藏匿在左耳窝里的挖耳勺,说声:"大,大、大……"挖耳勺变成了一根拐杖。

我正了正头上的礼帽,尽量保持刚刚学来的绅士风度,拄着这根拐杖登上了一辆由对面开来的英国巴士。

两次会见,我都在与叶芝探讨爱情的所谓本质和所谓意义,两次都无果而终。他给我留下的印象是落寞、消瘦、沉默、倔强、隐忍、痛苦……但眼神哀伤又犀利,像残月的碎片,仍有毒药的效力。

我对他不乏景仰,告诉他说在我还是一位懵懂少年时,便因那首著名的爱情诗篇《当你老了》而记住了他和名字,当然,我也同时记住了这首诗的女主人公毛特·冈。并且,该诗成为我此生中极少能够熟练背诵的诗篇之一:"多少人爱你青春欢畅的时辰,爱慕你的美丽,假意或真心。只有一个人爱你那朝圣者的灵魂,爱你那衰老了的脸上痛苦的皱纹"……那时,我还在读中学,在离伦敦很远的地方,离他的爱尔兰故乡更远。我只记得当时合拢了诗集,将它挟在腋下,在小城肮脏狭窄的街道穿行,诗歌的魅力让我将路两边的行人视为乌有,我沉浸在它带来的遐想中,头顶的秋夜突然变得深邃而幽蓝,一弯残月在凋零的树梢之上浮动。残月的样子,很像是悬挂在天上的钓饵。嗯,愿者上钩。

古今中外,月亮的上钩者,多为诗人。

作为一个中学生,我还没有过真正的恋爱体验,完全不知道叶芝在写这首诗时所经历的尴尬和无奈。那时候,诗人头顶的光环还那么耀眼,简直就是上帝的同义语。已经功成名就的叶芝,整天被一些人簇拥得很自负,像今天的一些政治明星。那时候他居住在伦敦郊区布伦海姆路三号，络绎不绝的来访者令他紧张、兴奋而又烦恼。这严重影响了他的写作，他想逃跑，到凯尔特人的居住区，或者到他的故乡斯莱沟，蜜蜂满天乱飞的"英纳斯弗利岛"上去隐居。

但在这一年（1889年1月30日）早春的一天，一辆双轮马车的突然造访将他的计划打乱了——在微熹的薄雾里，从马车上跳下一位年轻女子，这个人就是著名的爱尔兰民族主义运动的领导者加美女毛特·冈，她向叶芝的生命里投放了一枚闪光的炸弹。

她拥有一双碧潭一样幽深明亮的灰蓝色眼珠，眼睫毛长过两把毛刷子，牙齿雪白，声音像冰冻过的雪梨一样甜脆。她手持一封叶芝朋友的介绍信，但出来开门的叶芝在见到她时竟然全身颤抖起来，差点瘫痪到门框旁边。"我一生的烦恼开始了"，叶芝在心里嘀咕自语，他已经被眼前这个降临人间的女神击中了。当她一袭黑衣，冷冷地站在叶芝的窗前，院子里的一簇苹果花竟然纷纷凋落。

"啊，我一生的烦恼开始了。"

我时常想：人的相遇真是奇怪，但人的感情，却复杂得深不见底，有时更像黑暗本身。比如叶芝和毛特·冈小姐的爱情个案。在后来的日子里，诗人开始了他穷其一生的追求，与其说他们在恋爱，莫不如说是一对冤家在搏斗。诗人在爱情面前，始终都在妥协，妥协，妥协。但却得不到任何回声——"这是为什么呢？"当然，冈小姐从内心里佩服叶芝的才华，她之所以不接受叶芝的爱情，一个堂而皇之的理由是她要把全部的精力都献给一场虚妄的革命。她把叶芝一次次推向绝望的深渊，让他像一只受伤的羔羊，任由一把命运的剪刀宰割，鲜血淋漓。伟大的诗人，在爱情的手掌心里饱受煎熬。从二十来岁到整个中年时期，大好的时光，就这样匆匆地流逝。

叶芝的写作，其实是始于性的启蒙，他说："我被性欲折磨了许多年。""一个男孩生活中的大事是性的觉醒。"在追求毛特·冈的过程中，叶芝一直守身如玉，苦受情欲的摧残，他看到身边的同伴个个放浪形骸，自己却一次次抵抗住了街头与小火车站妓女们的引诱。也就是说，当他一次次遭遇拒绝，纯情的诗人却不敢从另外的女人身上寻求安慰。因为爱情，他患上了严重的神经衰弱症，因为爱情，他从一介名流变成了穷困潦倒的老单身汉。从名人公寓悄然迁出，住进了简陋的村舍。

而那个女人，依然站在高高的天上冷笑。她成功地钓住了诗人的一生，既不放手，也不收网与叶芝共筑爱巢。

据说，天才的诗人叶芝原本是个奇怪的通灵人，他怀有一身高超的魔法师的灵视绝技，其实，他完全可以通过自己的"分身术"本领将心爱的女人占有——有一次，他施展了魔法，与远在数百英里之外的毛特·冈见面，当时，冈小姐正在一家位于都柏林的旅馆房间里寂寞难耐，突然间惊讶地看到叶芝从院子里朝她走来。她大叫了一声"天哪，你怎么来了？"她迎上前去想拥抱他，热烈地吻他，她的寂寞在瞬间化解了，她当即决定与叶芝在异乡开始同居。但当她张开双臂扑上去时，叶芝消失了。回伦敦后，她因此责备了他。而叶芝却说,他不想用这个手段来得到她,尽管这一切都是他的杰作。

后来,他把这个高超的本领传授给了毛特·冈,一度两人间经常在"灵界"进行互访,在奇妙的灵界,他们是情感真挚的兄妹关系。而一旦从灵界走出,又立即还原为冤家格局。

"人是唯一要求回报的动物。"这句名言,出自我的一位兄长之口。不知怎的,我听了这句话,立即想到了叶芝苦难的爱情。